KB157914

황금꽃향기

땅에 떨어지면

황금꽃향기 땅에 떨어지면

张 民 지음

이영남 · 최영 옮김

국학자료원

한국 독자들에게 드리는 글

인간이 자연을 생존의 터전으로 생각하던 단계를 지나 자연의 아름다움을 감상하고 자연을 사고의 상대로 여긴다면 그때부터 정신적인 각성이 시작되었음을 말해준다. 이러한 도리도 몰랐던 20대에 나는 자신의 감수를 기록하기 시작하였는데 이 책에 수록된 글들은 그 때 모아놓았던 것들이다.

대학교를 졸업하고 바로 대학교 전임강사로 취직했던 나는 나이도 어렸고 경력도 부족했다. 하지만 세상은 나에게 많은 고민과 생각을 하게 만들었다. 대학교 시절 배움에 목말라 있었고, 세상을 단순하게 살고 싶었었던, 아직 그런 삶에 대한 동경에서 빠져나오지 못했던 나에게 이 사회는 너무나 충격이었다. 그리고 자신의 정체성에 대해서도 확신이 가지 않았다. 감정에 너무 치우쳐 정서불안에 빠지기도 했고 회의에 가득 차기도 했다.

허나 필경 나는 사회인이었고, 나름대로 삶의 방식을 찾아야 했다. 노력을 통해 이 사회에서 자신의 가치를 실현하는 방법도 알아야만 했다. 어쩌면 이것이 자아를 찾아가는 과정이었을 수도 있으며, 내 앞에 놓인 절박한 과제였을 수도 있다.

사회성이 약했던 나는 고독하고 밀폐된 공간에 자신을 가둬놓고 생각에 잠기기 일쑤였다. 하지만 점차 주변의 자연에 관심을 가지게 되면서 너무 아름답고 기묘한 이 세상이 아름답게 느껴졌다. 자연은 말이 없지만 분명히 생명을 가지고 있었으며 신기하고도 괴상한 모습을 가지고 있었다. 그리고 미세하면서도 더없이 넓은 세상을 가지고 있었으며 아름답기 그지없었다. 나에게 비춰진 자연의 모습은 어쩌면 당시 나처럼 무엇이라고 꼭 집어 말하기 힘든 존재였다. 중요한 것은 나는 그 자연 속에서 아름다움을 발견할 수 있었고, 침묵으로 일관하나 큰 지혜를 가지고 있어 항상 나와 대화하면서 나에게 가르침을 주고 있음을 깨닫게 되었다는 것이다.

　별꽃, 오공초, 개꼬리꽃, 부평초, 수련, 오동, 벽오동, 금앵자, 닥나무, 철나무, 절국대, 노송나무, 벤자민 그리고 이들의 잎과 뿌리, 꽃과 줄기, 껍질과 가지고 있는 색깔 그리고 열매까지 아침햇살을 받아 빛을 뿌리면서 무한한 매력을 발산한다. 이들은 더운 열기 속에서도 절대 굴복하지 않았다. 매일 아침 나의 일과는 작은 방에서 나와 이런 자연을 유심히 살피는 일이었다. 찬찬히 쳐다보기도 하고, 손으로 만져

보기도 했다. 그리고 이들과 함께 들숨을 쉬고 날숨을 내쉬면서 이들은 어떻게 호흡하고 있을까에 대해 생각해보기도 했다.

그리고 나는 짙은 가을날 끝없이 펼쳐진 하늘을 쳐다보고 하늘에 떠 있는 흰 구름과 나무그늘 그리고 생기 없는 호수를 보면서 우울하고 괴로움에 차 있는 자신, 무력하고 뻣뻣한 자신을 돌아보기도 했다.

모든 고민은 자신으로부터 온다고 한다. 나는 자연에 존재하는 모든 것들과 간절한 대화를 원했고 끊임없이 이야기하면서 즐거움을 느끼고 결코 개념정의를 내리기 힘들었던 자신을 잠시나마 잊을 수 있었다.

그런 자신이었기에 그 때의 심정을 적은 이 글들에 대해 나는 어떤 문체이고 뭘 말하고자 했는지에 대해 딱히 설명하기 힘들다.

어릴 때 고향에서 봤던 비가 파초 잎을 때리던 장면이 생각난다. 파초 잎이 엄청 큰데 그 위에 떨어지는 빗방울 소리는 각도에 따라 내는 소리도 각양각색이다. 젊음에서 오는 고민이 소나기처럼 갑자기 몰아치는데 어디서 왔으며 왜 왔는지도 모른다. 크기가 다른 빗방울이 순서도 없이 마구 내리는 것처럼 말이다. 빗방울이 파초 잎을 때릴 때 분명히 여러 가지 소리를 내는데, 그 소리는 시끄럽게 들릴 수도, 소곤소

곤 속삭임으로 들릴 수도 있다. 그렇다고 파초와 파초 잎이 그 효과를 결정하는 것이 아니다. 어쩌면 이 글에 대한 평가도 이처럼 내가 아닌 독자의 몫인 것 같다.

　이 책에 기록된 글들은 한 젊은 영혼이 이 세상과 부딪치면서 내는 감성의 호소이며, 어젯밤 큰 비에 떨어진 낙엽처럼 남겨진 삶의 흔적과도 같은 것이다. 오랜 세월이 흐른 지금, 한국의 독자들과 만난다고 생각하니 내 마음은 설레기 그지없으며, 현실에는 분명히 기적이 존재한다는 것을 믿어 의심치 않는다. 예전과 다름없는 이른 아침에 이 글을 써서 서문에 붙인다.

저자

2016.10

목 차

제1부 나의 자연 我和自然

제2부 나의 추구 我的人文追求

제3부 나의 반성 我的反思

제1부 나의 자연 我和自然

호수에서 들려오는 개구리소리

해질 무렵, 창밖의 계수나무가 홀연히 몸을 흔들며 마른 잎을 털어 낸다. 비가 내릴 징조다. (집에 있기 갑갑하여) 나는 서둘러 밖으로 나갔다. 하늘에는 벌써 비구름이 모이기 시작했다. 바람은 불 듯 하다 다시 잠잠해 진다. 호숫가 오동나무에 핀 꽃은 잎이 지고 다시 푸른 싹이 돋기 시작한다. 나무 밑에는 시들어 버린 꽃들로 가득하다.

우의목[1]은 보기에는 고급스러우나 부족한 데가 있다. 이 나무는 봄이 되어도 꽃을 피우지 못하고 마른 가지와 낙엽들만 땅 위에 널어놓는다. 다른 나무에서 떨어지는 꽃잎이 부러워 이런 방법으로 아픈 마음을 달래는가 보다.

꼭대기가 훤히 트인 차나무는 내 어깨만큼 잘 자랐다. 짙푸른 찻잎은 두 갈래로 나뉘어 하늘을 향해 자란다. 거꾸로 쓴 "팔(八)"자 모양을 하고 있는 것이 어쩌면 하늘을 향해 우렁차게 시를 읊는 시인의 모습을 닮았다.

연한 보라색 꽃을 피우는 오동나무는 보통 흰 꽃을 피우는 오동나무보다 개화기가 더 긴 것 같다. 그래서인가 아직도 꽃들이 만발해 있다.

호수 쪽에서 들려오는 "개굴개굴" 개구리 소리가 내 관심을 끈다. 기억 속의 개구리 소리는 이보다 좀 더 부드러운 "과악—과악—"하는 소리다. 아니, 분명히 기억하고 있는 것은 지금처럼 맑고 힘 있는 소리

---

1 학명: Grevillea robusta — 역주

는 아니었던 것 같다. 이런 개구리는 깊은 산속이나 호수에서만 서식
하는 것 같다. 모양은 가느다랗고 피부는 노르스름하며 윤택이 난다.
이름은 기억이 나지 않는다.

　오늘은 올해 여름 중에서 제일 더운 날씨다. 기온이 섭씨 30도를 넘
는다고 한다. "물극필반(物极必反)"이라고, 이곳은 날씨가 너무 더우
면 비가 꼭 내린다. 하늘은 당금이라도 비를 쏟을 것만 같다. 그렇다.
이건 자연의 이치요, 나 역시 충분히 공감하는 부분이다.

　창문가에 자란 아마릴리스[2]에 드디어 꽃봉오리가 졌다!

---

2 Amaryllis, 수선화과에 속하는 다년생 식물. – 역주

오동나무

4월에 접어들자 오동나무는 마치 출산을 준비하는 여인처럼 높다랗게 줄기를 뻗었고 그 위에 수많은 꽃을 피웠다. 초롱초롱 핀 꽃들을 멀리서 바라보면 누군가에 의해 나뭇가지 위에 올려놓은 것만 같았다.

밤에 비가 내렸거나 바람이 불게 되면 많은 꽃들이 떨어진다. 이튿날 아침, 일찍 깨어 산책로를 따라 걷다 보면 하늘에서 선녀가 뿌린 듯 바닥에는 온통 낙화들로 가득하다. 그 중 한 송이를 주어서 살펴보니 꽃잎은 생각했던 것처럼 완전히 흰 색은 아니었다. 작은 나팔모양의 꽃잎은 주위와 그 내부가 연한 보라색이고 하늘을 향해 있다. 이 순간에도 두 송이 꽃이 개구쟁이 어린애가 높은 곳에서 뛰어내리듯 하늘 공중을 헤가르며 내려오고 있다.

4월 중순이면 절정에 달했다가 그 뒤로는 꽃잎이 다 떨어지고 없는 나무들도 심심찮게 발견하게 된다. 이런 나무들에는 벌써 손바닥만큼한 연두색 잎들이 자라있다. 듬성듬성 자란 모습이 서로 앞 다투어 꽃을 피우던 때와는 사뭇 다른 풍경이다. 꽃을 피울 때는 떠들고 웃기 좋아하는 야성이 넘치는 아가씨 같다가도 지금은 차분하고 청순한 성품을 지닌 눈 가에는 아름다운 미소를 띤 소녀 같다.

아직 꽃이 피어있는 나무들에도 예전처럼 꽃들이 생기에 넘치지는 않는다. 갈수록 개체수가 적어지면서 점차 메말라져 간다.

이 들 중 두 그루는 꽃을 늦게 피우는 품종인 것 같다. 이제야 보라색 꽃이 만발했다. 나뭇가지에 가득 핀 꽃들은 나팔모양을 하고 있었는데 꽃을 피운 채 나뭇가지에 달려 있다. 짧은 삶을 조금이라도 연장하기 위해 아직도 나뭇가지를 단단히 붙잡고 있는지도 모른다. 나무 밑에는 떨어진 꽃이 보이지 않는다.

오동나무는 먼저 꽃을 피우고 후에 잎이 자란다. 아마도 한 해의 첫 시작을 알리는 봄날을 아름답게 단장하기 위해 먼저 꽃을 선물하고, 만물이 번성하는 무더운 여름을 식히기 위해 푸른 잎을 선사하는 듯 싶다.

오동나무는 천성이 솔직하고 가식이지 않다. 아름답고 생기로 넘치는 소녀처럼 좋은 일이 있으면 환하게 웃기도 하고, 때론 조용히 나무 옆 호수에 비친 자신의 모습에 빠져있기도 한다. 그리고 짧고 아름다운 계절을 음미하며 이듬해 봄을 다시 계획한다.

아침의 새소리

　춘삼월만 되면 새들은 빽빽이 자란 나뭇잎 사이에서 이리저리 날아
다닌다. 대자연을 향해 미소 짓는 천사처럼 말이다. 제일 먼저 눈에 띄
는 새는 꾀꼬리다. 작고 깜찍한 체구를 가진 새는 날개 짓을 하며 하늘
을 날다가 다시 울창한 숲속으로 날아들며 쉼 없이 재잘거린다.

　요즘 새들을 향한 나의 관심이 부쩍 늘었다. 아침 일찍 깨어 나무 밑
에 가면 꾀꼬리들이 나를 반긴다. 엄지만큼 큰 새들이 십여 마리씩 무
리를 지어 나뭇가지 사이를 날아다닌다. 갓 태어난 새끼들 같은데 주

변에는 둥지가 보이지 않는다. 문득 이 새들이 살고 있는 곳은 어딜까 궁금해졌다.

오늘 우연히 까만 색 제비 한 마리를 보았다. 제비는 날개 짓을 하며 내 머리 위를 지난다.

제비가 너무 늦게 찾아 온 것은 아닐까 생각되었지만 아닌 것 같았다. 계림이 비록 남쪽에 위치해 있어 절기가 북방보다는 좀 빠르다고는 하지만 "노동절" 휴가 때 학생들로부터 초청을 받아 이강(漓江)변을 산책할 때 보니 강 양쪽에서 농민들이 모내기를 하고 있었다. 아마 지금이 한창 때인 것 같다.

이상하게도 금년에는 시골에서조차도 철새들을 별로 볼 수 없었다.

들풀

5월이 되니 콘크리트로 포장되지 않았던 벌거숭이 땅은 모두 파란색 단장을 하였다. 이맘때가 되면 자연 속의 모든 것들은 푸른 옷을 입어야 안심하는 것 같다. 푸른 생명들은 땅으로부터 받는 자양분이 그리워 흙만 보이면 뿌리를 내리려고 애를 쓴다. 척박한 땅이든 비옥한 땅이든 상관없다. 이런 생명의 정열 때문에 온 세상은 파란빛으로 물들었다.

내가 알고 있는 들풀은 몇 개 안 된다. 백모(白茅), 별꽃(繁缕), 오공초(蜈蚣草), 질경이(車前草), 병풀(雷公根), 억새(芒居), 함수초(含羞草), 뱀딸기(蛇莓) 정도다.

며칠 전부터 내가 사는 아파트 옆 빈 땅에는 야생화가 만발했다. 비록 눈부시게 아름답지는 않으나 청아한 느낌이 물씬 풍긴다. 나는 꽃 이름을 몰라 엄청 궁금해졌다. 선생님을 찾아 여쭤보고 싶었는데 시간적 여유가 없다. 그저 바라볼 수밖에 없었는데 꽃들이 너무 일찍 시들면 어쩌나, 꽃잎이 다 떨어져버리면 어쩌나 하는 부질없는 걱정을 하고 있었다. 이 꽃 이름이 무엇인지 나는 아직도 모른다!

꽃 중에는 청색의 보리처럼 생긴 대가 긴 풀이 있다. 보아하니 새포아풀(早熟禾)인 듯 했다. 뿌리부터 풀 꼭대기까지 잎은 고작 서너 개 정도다. 외로운 홀아비 같았다. 이들도 나중에 보리이삭처럼 황금빛을 맞이할 수 있을까? 진짜 곡식처럼 말이다.

새벽 · 비

이른 아침 새들의 울음소리에 잠을 깼다. 창밖은 이미 푸르스름하게 날이 밝아있고 울창한 계수나무 숲 사이로 새들의 울음소리가 끊임없이 들린다. 새들은 서로 쫓고 쫓기며 나뭇가지 사이를 넘나든다.

하늘은 갈색 구름으로 뒤덮여있다. 당금이라도 비가 내릴 것 같다.

집을 나서니 여기저기 몰려다니는 구름들이 보인다. 어쩌면 군인들이 병법에 따라 병력을 배치한 것처럼 장엄함마저 느껴진다. 흙 갈색 구름들이 북동방향으로 급히 몰려가면서 하늘 한 복판에는 서서히 푸른 하늘과 흰 구름이 드러나기 시작했다. 새로운 역사가 시작되는 듯했다.

앞쪽 나무에서 "매─맴, 매─맴" 매미의 울음소리가 들려온다. 가까이에서 자세히 보고 싶었다. 허나 순식간에 날씨가 바뀌면서 굵은 비가 내리자 나는 가까이 다가가지 못했다. 큼지막한 나뭇잎에 장대비가 끊임없이 떨어진다. 구름은 젖은 수건을 쥐어짜듯 끊임없이 비를 쏟아붇는다. 얼마 지나지 않아 언제 그랬냐는 듯 비가 그쳤다.

이맘때면 어김없이 학교종이 울린다. 이 종소리는 아침 여섯시만 되면 학생들을 깨우기 위해 노래하기 시작한다.

전에 본적 없던 새들이 겁도 없이 큰길 가운데 내려 낮았다. 이들은 어린 병아리들처럼 한가히 몇 걸음 걸어가다가 멈춰서는 호기심 찬 눈으로 나를 쳐다본다. 그리고는 다시 날개를 펼쳐 하늘로 날아오른다.

잠깐 머리를 내밀었던 하늘은 다시 흑갈색 먹구름으로 가려져서 세

상은 어둡고 침침하게 변했다. 불쾌한 느낌이 든다. 당장이라도 무슨 일이 날 것만 같았다. 혹시 뭔가 나쁜 일이 생기지 않을까 하는 불길함마저 든다.

　여전히 바람 한 점 없다. 나무들도 땅에 뿌리내렸다. 그리고는 조용히 새소리, 매미소리와 거칠고 우렁찬 퉁소 소리에 귀를 기울인다.

갈색구름

　여름이 되면, 정확히 말하면 사월 초부터 하늘에는 연한 갈색이나 담갈색 그리고 짙은 갈색 구름들이 떠다니기 시작한다. 이들이 뜨기 시작하면 파란 하늘은 완전히 가려 지는데 이는 우기가 시작되었음을 말해준다. 구름의 색상은 그냥 한가지로 있는 게 아니다. 부옇다가 다시 회백색을 띄다가 엄청 짙게 변한다. 아마도 강렬한 햇빛이 구름 위를 비추면서 생기는 현상인가 보다. 혹시 비가 내리기 전이나 날이 개이고 나면 태양빛이 구름 사이를 비집고 나오려고 안간힘을 쓰는 것을 보게 된다. 그 때면 원래 담갈색이거나 색상이 분명치 않던 구름들이 아름다운 빛을 띠게 되는데 그게 바로 비구름이다. 바람이 불거나 하면 짙게 변한 —검은 색 같기도 하다— 구름들이 이리 저리 몰려다니면서 뭉쳤다가 갈라지기를 반복한다. 이들은 햇빛을 차단시키기 위해 안간힘을 쓰다가 다시 새로운 계획을 세우기 위해 머리를 굴리기라도 하듯 제 자리에 서서 숨을 고른다. 그리고 바로 굵은 빗방울이 떨어지기 시작했다.

갈색 구름이 가득 덮였거나 요지부동 움직이지 않거나 움직이더라도 전혀 티가 나지 않을 때면 빛은 전혀 뚫고 들어오지 못한다. 경험에 따르면 앞으로 사나흘은 계속 흐린 날씨에 비가 구질구질 내릴 것이다.

만약 갈색구름이 조금이라도 줄어들고 그 사이로 조금이라도 빛이 뚫고 들어오거나 푸른 하늘이 보이면, 구름이 아무리 버티려고 안간힘을 써도 얼마 뒤에는 자리를 내줘야 할 것이다. 그 때는 비가 아무리 많이 쏟아진다 해도 걱정할 필요가 없다. 그것은 짧은 소나기에 불과하니까.

이곳은 봄에 비가 많이 내린다. 대부분은 보슬비였던 것 같다. 공기는 차고도 습하며, 하늘은 부옇게 흐려있어 어디가 높고 어디가 낮은 구름인지 분간이 안 된다. 저도 몰래 애잔하고 슬픈 이야기들이 생각난다. 허나 여름은 전혀 다르다. 희로애락을 그대로 보여주기라도 하듯 표정이 풍부하다. 기쁘거나 슬픈 마음을 그대로 보여주는가 하면, 웃다가 울다가를 반복하기도 한다. 조용하고 잔잔한 느낌은 전혀 찾아볼 수 없다. 가을이 되면 하늘은 높고 푸르다. 고상하면서도 도고한 기운으로 넘치는데, 하늘 향해 머리를 쳐들고 성큼성큼 걸음을 내딛는 모습이 매달리는 비구름을 떨쳐내기라도 하는 듯싶다.

여름이 되면 구름은 왜 이런 색깔일까? 아마도 너무 많은 열과 빛이 하늘에 모여 있어 조물주가 대지의 흙과 생명들이 갈증 때문에 말라죽을까봐 걱정된 나머지 아름다운 비를 만들어 땅을 적셔주려 했기 때문일 것이다. 빗줄기는 땅과 그 위에서 사는 생명들을 깨끗이 씻어줌과 동시에 이 세상이 상쾌하고도 습윤함을 느낄 수 있게 해 주는 것 같다.

여름 나비

올해 처음으로 나비를 보았다.

꽃의 향기를 맡고 찾아온 것 같았다. 그렇다면 이 나비들은 지난 해 겨울부터 올해 봄까지 나비는 어디서 살고 있었을까? 그리고 어디서 성충으로 부화했을까? 왜 여름이 돼서야 모습을 드러내는 걸까? 나의 희미한 기억에 의하면 꽃송이에 끌려 찾아드는 나비들은 색깔이 다채롭고 엄청 아름다웠다. 봄의 따뜻함을 만끽하던 나는 다시 한 번 한 순간의 즐거움을 느끼고자 허망한 꿈을 꾼 게 아닌가는 의심이 들었다.

해마다 찾아오는 계림의 봄이건만 나는 몇 년 간 나비그림자도 보지 못했다. 더 놀라운 것은 이제는 나비의 존재마저 잊고 살았다는 것이다!

그렇게 살다가 오늘 처음 나비를 보고나니 십년 넘게 나비를 보지 못했다는 생각이 들었다.

그렇다고 오늘 많은 양의 나비를 본 것은 아니었다. 푸른 가을하늘 아래 떠 있는 작은 구름처럼 하얗고 앙증맞은 나비 한 마리가 파란 숲 속에서 꼼지락 대고 있었다. 그 뒤로 멀지 않은 곳에 서 있는 오동나무 쪽에서 노르스름한 나비 한 마리가 또 날아왔다. 이들의 모양은 내 기억 속의 나비들과 비슷했다. 자유자재로 거침없이 가볍게 날아다니는 모습이 나비 본연의 모습을 재현하는 듯 하다. 황금앵두나무 사이를 날아다니기도 하고, 높다란 담장과 관목 위를 지나서 산비탈에 핀 꽃들을 보러 날아간다.

나비는 눈에 잘 띄는 곤충은 아니지만 유독 사람들의 이목을 많이 끈다. 그렇다고 나비가 사람들과 가까워지고 싶어 특별히 노력한 적도 없다. 나비는 천지간에서 작은 요정처럼 여기저기 날아다니는데 가까워 졌다가 다시 멀어지고, 사라졌다가 나타나기도 한다. 허리 굽혀 자세히 볼라치면 어느새 종적을 감췄다가 누구도 주의하지 않는 사이에 다시 나타난다. 그러다가 관심을 다시 보이는가 싶으면 어느새 어디론가 날아가 버린다. 그야말로 덮쳐도 안 잡히고, 떨쳐버리려 해도 가시지 않는 존재다. 그물을 이용하여 어렵게 잡더라도 손에 넣기 바쁘게 죽어버린다. 나비는 깨끗한 이슬을 먹고, 꽃술에서 나는 술을 마신다고 했다! 그래서 옛날 장자는 꿈속에서 변하고 싶었던 동물이 위풍당당한 사자나 다른 큰 곤충이 아닌 나비라고 했다.

나비는 아름답다. 봄이 되자 점점 더 물오른 식물들은 쑥쑥 자라기 시작했다. 무성하게 자란 잡초를 보면 어딘가 눈에 거슬렸지만 나비의 출현으로 분위기는 훨씬 더 좋아진다. 지어는 격조마저 달라지는 듯하다. 어쩌면 한 폭의 아름다운 그림을 보는 것 같다.

찬란한 햇빛

장마가 벌써 지났나보다. 오늘은 날이 활짝 개였고 밝은 햇빛이 대지를 비춰준다. 섭씨 23도. 높고 하늘은 푸르고도 높다. 작은 구름들도 다 가시고 파란 하늘은 그 자태를 마음껏 뽐낸다. 이런 날은 비행하기 딱 좋은 것 같다. 그래서인지 하루 종일 비행기 엔진소리가 들린다. 어쩌면 "정말 좋은 날씨야, 그래 좋은 날씨지!"하고 우리에게 속삭이는 듯하다.

햇빛은 잔디밭, 숲속, 인행도 등 이 세상 곳곳에 쏟아진다. 산뜻한 바람이 홀가분하게 그윽한 햇빛을 휘감는다. 나뭇잎은 바람 따라 흔들리며 사락사락 소리를 내고, 햇빛에 반사된 푸른 잎은 은빛으로 빛난다.

가로수 사이로 난 길의 시작에서 끝을 바라보니 어쩌면 에덴으로 향하는 아치형 다리 같았다.

덥지 않은 날씨다. 공지(空地)에 기다랗게 자란 풀들은 조용히 햇빛을 빨아들인다. 어린 아이가 어머니 젖을 빨고 있는 듯하다. 엄청 기쁘고 행복해 보였다. 매미 둬 마리가 숲속 깊은 곳에서 "맴-맴-" 울다가 쉬었다가를 반복한다.

이런 광경은 정오에나 볼 수 있다. 사람들은 어딘가 종적을 감춘 듯했다. 눈에 보이는 것은 파란 빛뿐이다. 푸른 하늘아래 흰 구름 몇 조각이 떠다닌다. 하늘은 아득하게 높다. 그리고 햇빛은 대지를 따스하게 비춰주고 있다. 살살 부는 바람소리는 아름다운 목소리로 부르는 노래를 방불케 한다. 조용하고 아늑한 분위기는 끝없는 상상을 펼칠 수 있도록 만들어 준다. 이런 곳이 어디에 또 있을까?

오늘은 맑고도 아름다운 날이다. 그런데 내 마음은 어쩐지 흐릿하고 어둡다.

봄 우레

한 달을 넘게 내리던 보슬비가 어쩐 일인지 3월 13일 정오부터는 갑자기 소나기로 변해서 쏟아지기 시작한다. 혹시 기다리던 여름이 벌써 찾아오는 게 아닐까?

날이 저물었다. 아마 8시 즈음 된 것 같다. 갑자기 천둥번개가 요란스럽다. 마치 울화가 치민 물소가 고개를 숙이고 우는 것 같다. 비는 공기 속을 가로지르면서 나뭇잎이나 석판 길 그리고 고인 물 위에 떨어지면서 소리 한 번 요란스럽다. 빗물은 잠깐 고였다가 급급히 하수구를 빠져나가면서 꾸르륵 소리를 낸다.

최근 들어 날씨는 갈수록 더워지고 있다. 내일은 섭씨 21도까지 오른다고 한다. 비는 여전히 쏟아진다.

이불 속에서 꿈지럭 대던 나는 좋은 생각에 빠졌다. 이렇게 바람을 동반한 큰 비가 내린다면 그동안 장마로 인해 더러워졌던 땅을 깨끗이 씻어낼 수 있게 되고 이제 햇빛이 나오기만 기다리면 될 것이라 생각했다.

이 천둥번개는 봄이 떠나가면서 내는 웃음소리인지 아니면 떠나기 싫다고 떼를 쓰는 울음소리인지 알 수가 없다. 이상하게도 이 곳에는 지금 겨울과 봄 그리고 초여름이라는 세 계절이 한데 모여 있다. 이 계절들은 3 갈래로 갈라진 작대기에 나란히 꽂힌 밀랍 인형처럼 어떤 것이 이 계절의 주인인지 전혀 분간하기 힘들다.

천둥번개가 울었다는 것은 여름이 멀지 않았다는 신호다. 여름이란 계절은 성격이 고약한 반면에 정열적이고, 약간은 무례함마저 느껴진다. 자신의 도착했음을 멀지 동네어구에서부터 헛기침 내며 기척을 알리는 사나이와 닮았다.

늦봄

3월말이 되니 여름기운이 물씬 풍겨온다. 지난주까지 비는 계속되었다. 맑은 날 한 번 보기 쉽지 않다. 일기예보에 따르면 한파는 남서쪽에서 밀려왔다고 한다. 지금은 육지를 벗어나 바다가 있는 쪽으로 향해 간다고 한다.

오늘부터 날씨가 무더워지는 것을 보니 여름 더위가 곧 찾아올 것 같다. 쌀쌀했다가가 더워지기를 반복하면서 하루 종일 안개가 자욱하게 끼고 몇 백 미터 즈음 떨어진 곳에 있는 산꼭대기와 들, 촌락에 까지 자욱한 안개로 뒤덮여 상상 속의 선경을 방불케 한다.

공기 속에는 물의 짙은 단맛과 풀의 향긋한 냄새가 섞여서 주변에까지 진동한다. 마음이 한결 가뿐해 지는 느낌이다.

예로부터 이런 날씨를 "후이난티엔(回南天)"이라 부른다. 공기 속은 습기로 꽉 차 있다. 강의실로 들어서니 반들반들하게 페인트칠을 한 책상과 의자에는 물기가 한층 씌워져 있었다. 삼일 지난 빨래는 전혀 마를 기미가 보이지 않는다.

하늘은 우중충하게 흐려있는 것이 표정이 아주 뿌루퉁하다. 비가 계속 내릴지 아니면 날이 개일지는 누구도 모른다. 수시로 비가 내렸다가 그치기를 반복한다. 길은 질척거리고 도랑은 벌써 넘쳐흘렀다.

이런 날씨에는 학교 운동장도 상태가 다를 바 없을 것이다. 그러거나 말거나 나는 운동화를 챙겨 신고 나왔다. 몸은 나른하고 정신은 몽롱하다. 운동을 통해 힘을 키워야겠다는 생각이 들었다. 태양이 얼굴을 내 밈과 동시에 나는 뛰기 시작했다. 푸른 잔디 주위를 한 바퀴 두 바퀴 돌면서 달리고 또 달렸다. 어쩌면 정열에 넘치는 나의 희망을 향해 쉼 없이 달리는 듯하다.

계수나무에 튼 싹

내가 살고 있는 숙소는 학교에서도 제일 낮은 곳에 자리 잡은 이층 짜리 건물 안에 있다. 이 곳은 커다란 계수나무들에 둘러싸여 있어 집 안에 볕이 전혀 들지 않는다.

녹음이 짙은 곳이라 새소리, 꽃향기와 더불어 살 수 있는 기회가 생겨서 좋다. 학교는 시골에서 가까운 곳에 위치해 있다. 고층건물이 즐비한 시내 중심가에서 서식하기 힘들어하던 새들이 모두 여기에 몰려와 둥지를 틀었다. 봄철뿐만 아니라, 흐린 날이나 빗물과 살얼음이 끼는 겨울 황혼녘에도 푸른 나뭇잎 사이로 구슬픈 새 울음소리가 들려온다. 마치 우리 곁을 떠나기 아쉬워하는 듯하다. 하지만 아무것도 해줄 수 없는 자신이 야속할 때가 있다.

계수나무는 겨울에도 잎이 지지 않는다. 사철 푸른 교목(喬木)과에 속하는 계수나무를 바라보노라면 한겨울에도 푸른색에 눈이 즐겁다. 집에서 나와 조금 걷다가 뒤를 돌아다보면 녹색기름을 가득 머금은 울창한 나무숲에는 윤기가 흐른다. 짙은 갈색을 띤 나무줄기는 비만 오면 색이 더 짙어져 묵직함마저 느껴진다. 마치 세상을 향해 "그 어떤 추위도 나를 뒤흔들지 못할 것이며, 무너뜨릴 수 없을 것이다"라고 호소하는 것 같다.

푸른빛을 계속 보노라니 시간이 지날수록 조금 지겨워진다. 그래서 나무 밑에서 기생하는 이름 모를 풀과 꽃들에 더 관심이 간다. 봄기운이 돌기 시작하면서 외면하고 있었던 주변의 빈 땅에 풀과 꽃들이 앞다투어 햇빛을 반기며 자라기 시작한다.

　3월 중순 즈음 되면 계절이 확 바뀐다. 엄습했던 한파는 북쪽으로 몰려 간지 오래다. 그리고 남아시아로부터 불어온 남풍이 습기를 몰고 와 대지를 흰 안개로 뒤덮어 놓는다. 방안은 가구를 비롯하여 모든 것들이 금방 목욕이라도 한 듯 습기가 가득하다. 그 뒤 며칠 동안은 기온이 계속 떨어졌다. 어제는 날씨가 갑자기 차가워더니 밤에는 바람까지 불었다. 아침에 깨어나 보니 나무 밑, 건물 옆 할 것 없이 온통 바람에 날려 떨어진 나뭇잎과 잔가지들로 가득했다. 아직은 파란색 그대로인 낙엽과 이미 더러워진 흰색 휴지조각들이 다른 쓰레기들과 한데 뒤엉켜 있었다. 유독 계수나무만이 유난히 생기가 넘친다. 나뭇잎 사이로 송화색 새싹이 돋아나기 시작했다. 산뜻하고 생기 넘치는 새싹을 보니 저도 모르게 "드디어 꽃이 피었네!"하고 감탄이 나왔다.

계수나무는 추석을 전후하여 꽃을 피운다. 세월은 어김없이 찾아오건만 계수나무는 제시간에 꽃을 피우지 않는다. 시간을 맞추는 데는 조건이 따르는데 하느님이 신통하게 대지에 이슬을 적당히 뿌려줘서 꽃망울들이 피어나고 싶은 욕망을 느끼게 해야 가능하다고 한다.

계수나무 꽃향기에 묻혀 추석날 보름달을 구경하는 것은 사치스러운 일이다. 세월이 많이 이른 탓에 복숭아와 자두나무만이 꽃을 피우고 있다. 백화가 만발한 모습은 아직 기대하기 힘든 것 같다. 날씨는 여전히 쌀쌀하다. 그래도 나뭇가지에 달린 눈부신 새싹들이 우리들에게 봄소식을 가져다주고 있는 것은 분명하다.

그렇다. 봄은 아직 쌀쌀한 기운이 감도는 이 땅에서 자기만의 아름다움을 가꾸어갈 준비를 하고 있었다. 이럴 때 만약 셸리[3]나 또는 무슨 유명시인들의 시를 붙들고 있다면 그것은 너무나 진부한 노릇이 아닐까 싶다.

---

3 Percy Bysshe Shelley, (1792~1822)

초봄에 느끼는 겨울의 맛

새해 벽두부터 기다리던 따뜻한 봄기운이 바야흐로 비와 함께 다가오기 시작한다. 문제는 영남(嶺南)지역의 겨울과 봄은 대륙의 북방처럼 솔직하고 명쾌한 성격을 지니지 못했다는 것이다. 겨울이 지속되는 시간이 길어지거나 겨울과 봄이 서로 엉켜 겨울인지 봄인지 분간하기 힘든 경우가 많다. 하긴 겨울이라고 해도 새하얀 눈으로 뒤덮인 광경은 볼 수 없고 대신 산언덕의 산 잣나무는 여전히 푸른 대로 있다. 도시와 마을 그리고 도로 옆에는 사시장철 푸르른 측백나무, 유칼립투스, 망고나무, 녹나무가 늘어서 있다. 그리고 늠름한 자태를 뽐내는 소태나무와 붉은 단풍나무, 잎이 다 떨어지고 앙상한 가지만 남은 오동나무가 찬바람 속에서 이 겨울을 장식한다. 마치 한겨울의 무정한 추위를 알려주는 듯싶다.

열흘 정도 지나자 비가 그쳤다. 햇빛은 무수한 화살마냥 짙은 구름층을 뚫고 쏟아져 내린다. 찌푸렸던 날씨가 바로 인상을 편다. 한파에 쌓여있던 회색, 갈색, 회갈색 구름은 온데간데없이 사라지고 푸른 하늘에는 새하얀 구름만 남아 있다. 불길한 기운마저 감돌던 회갈색 구름은 햇빛에 녹아버린 듯, 눈으로 볼 수도, 손으로 만질 수도 없는 보송보송하고 부드러운 담황색의 운무로 변해있었다. 나무그늘 하나 없는 땅에서는 따스한 봄기운이 느껴진다. 바람 한 점 없이 따스한 날씨다. 대지는 와인 감별사마냥 달콤한 술에 취해 봄날의 자애로움 속에 몸을 맡기고 소르르 잠이 들어 버렸다.

그로부터 닷새 정도 지나자 한파가 다시 굴레 벗은 야생마처럼 덮쳐들었다. 나무와 풀 그리고 대지의 수많은 생명들이 갑작스레 들이닥친 추위에 많이 놀란 듯 했고 사람들은 또다시 방한복을 차려입고 추위를 이겨낸다. 아뿔싸! 날씨가 다시 흐려지면서 겨울날의 회갈색 모습을 드러내기 시작했다.

"매번 되풀이 되는 일이 아닌가!" 이미 경험해본 사람들은 심드렁한 표정이다. 그들은 "봄을 막을 순 없지. 겨울 추위가 체면을 세우기 위해 이런 식으로 몸부림치는 것일 뿐이야"라고 말한다. 과연 이틀 정도 지나니 온기를 품은 바람이 펄럭이는 깃발처럼 몰려왔고 나뭇잎들은 그 기세에 몰려 "솨―솨―" 소리를 낸다. 잔뜩 찡그렸던 하늘도 점차 웃음을 되찾았고 흰 구름 사이로 파아란 모습을 드러낸다. 몇 점 남아 있는 거무스름한 구름은 추위가 도망가면서 흘려버린 흔적처럼 무기력하고 흉측했다.

앙상하게 가지만 남은 오동나무, 회색과 누런색으로 엇갈린 풀밭, 가지와 잎 모두가 너덜너덜해진 생기 없는 관목 숲은 겉으로 보기엔 작년과 별반 차이가 없었지만 분명 겨울 때와는 달랐다! 수림 옆 호수의 혼탁했던 물이 맑고 투명해 졌으며 시원하고 상쾌한 수면위로 잔잔한 물결이 흐르는 모양은 어쩌면 깨어나기 시작한 대지의 생명들이 미소 짓는 듯하다.

비 온 뒤

　여름에 접어들면서 비가 더 많이 퍼붓는다. 비가 멎고 날이 개면 푸른 하늘에는 흰 구름이 감돈다.
　빗물을 한껏 머금은 나무들에 잎이 무성하게 자라 예전보다 더 짙은 모습을 하고 있어 생기가 넘쳐 보인다. 나무 옆에 서서 위를 쳐다보다가 깜짝 놀랐다. 햇빛이 보이지 않는 마법의 거울인양 나무전체를 비추고 있었고 나무는 은빛으로 반짝이고 있었다.
　운동장에는 푸른빛이 완연했고 주변에 늘어선 커다란 유칼리나무,

오동나무에도, 높낮이가 서로 다른 원근(远近)의 건물에도 생기가 넘쳐흐른다. 푸른빛은 더욱 순결해 보였고 흰 것은 더욱 깨끗해 보여 한 폭의 절묘하고 아름다운 그림이 푸른 하늘아래에 펼쳐져 있는 듯하다.

집 주변 빈 땅의 별로 눈에 띄지 않는 잡초와 풀들이 커다란 빗방울을 보자 환호하면서 온몸을 흔들어댔다. 이들도 이젠 꽤 자랐다. 비가 그치자 놀다가 지친 애들처럼 더는 떠들지 않고 따스한 햇살아래에서 졸기 시작한다.

어디선가 회백색 나비들이 춤을 추며 날아들기 시작한다. 나풀나풀 춤을 추다가 잡초 가까이로 다가가는데 어쩌면 잡초들의 꿈속에 나타나고 싶어 약속이라도 하는 것 같았다.

나비와 잡초는 비슷한 데가 있다. 잡초들이 시들어버리면 나비들도 종적을 감춘다.

아름다운 호랑나비들은 다 어디로 갔을까? 예쁜 꽃단장을 한 나비들은 왜 이곳에 나타나지 않는 걸까? 흰색 또는 회색으로만 된 단색의 나비는 어딘가 따분한 느낌이 든다.

늦여름

기세 사납게 몰아치던 여름 더위는 웬 영문인지 이미 풀이 다 죽었다. 날은 벌써 어두워졌고 바람이 시원하게 불기 시작했다.

오늘은 아침 일찍 집을 나섰다. 방학 때라 학교 안은 조용하고 적막함마저 느껴진다. 주변의 푸른 식물들은 아직 덜 깬 듯 얌전히 누워있다. 아침공기를 타고 바람이 살랑살랑 불기 시작하자 나뭇잎들도 움직이기 시작한다.

동쪽하늘에 드리운 갈색 구름 사이로 한 갈래의 백광이 눈부시게 뚫고 나온다. 중천까지 떠오른 태양에서 나오는 빛이다. 구름에 가려져 일출의 매혹적인 황금빛은 볼 수 없다.

멀지 않은 곳에 자리 잡은 학생기숙사 건물에서는 해질녘에 피는 노란 꽃처럼 창문 몇 개로부터 불빛이 흘러나온다. 조용한 건물에 조금이나마 아름다움을 더 해주는 듯 했다. 갑자기 적막감과 외로움이 함께 몰려든다.

누군가 여름에 접어들면서 도처에 널려있던 잡초를 정리하던 기억이 난다. 그런데 별로 소용이 없다. 짐작했던 대로 잡초가 다시 무성하게 자랐다. 사람들 눈에 별로 띄지 않는 낡은 집 귀퉁이에 붉은 꽃 한 송이가 피어 있었다. 놀랍고 기뻤지만 꽃 이름이 생각나지 않는다. 가늘고 기다란 꽃잎은 약간 미인초를 닮았다.

오늘밤 바람이 분다

귓가를 스치는 바람 때문에 입고 있던 외투의 옷깃을 가끔씩 여미기는 해도 3월이라 그리 매서운 추위를 느끼지는 못했다.

겨울바람이 회갈색 구름 밑에서 마구 불어댄다. 앙상한 나뭇가지와 석판 길 그리고 담 모퉁이를 스쳐지나 내 얼굴을 향해 덮치는데 엄청난 무게감이 느껴졌다. 바람이라기보다 몰려드는 안개를 냉동시킨 것이 내 얼굴을 후려치는 듯하다. 만져보니 손을 찌르듯이 차갑다.

따뜻한 기운을 안고 남쪽으로부터 올라오는 바닷바람이 이 추위를 몰아내는 일은 참으로 힘든 일이었을 것이다. 밀물과 썰물처럼 한 달 넘게 실랑이질을 해서야 비로소 이 겨울을 몰아낼 수 있었다. 조금 남은 겨울추위는 살기를 잃고 급기야 깊은 골짜기나 잘 보이지 않는 동굴 속으로 숨어들었다.

오늘밤 불어대는 바람은 계수나무와 시나몬을 끊임없이 시끄럽게 군다. 나뭇가지가 "솨—솨—" 소리를 내며 흔들린다. 그저 찬바람일 거라고 생각했었는데 정작 바람 속을 걷다 보니 깨달음을 얻은 기분이다. 급속하게 부는 바람소리를 듣노라니 자신이 하늘을 날고 있다는 착각이 들었다. 말로는 표현하기 힘든 느낌, 저 멀리 어두운 곳으로 빨려 들어가는 느낌이다! 칠흑같이 어두운 저 밤하늘에는 우리 육안으로는 잘 보이지 않으나 분명히 별들이 반짝이고 있을 것이다.

영원히 간직하고 싶은 순간이다. 어둠 속에서 나뭇잎들이 바람 따라 움직이며 "솨—솨—" 소리를 내고 있고, 나는 그 소리를 들으며, 바람에 몸을 맡긴 채 소란스러운 이 속세를 벗어날지도 모른다는 생각이 들었다.

나는 멈추지 않고 계속 걸었다. 바람을 가로지르며 걷노라니 내 가슴속에서 요동치는 영혼이 보이는 듯했다. 영혼은 아름다운 날개를 펴기 시작한다. 부드럽고 하얀 깃털은 맑고 깨끗한 바람을 따라 조금씩 흔들린다.

이 순간만큼은 아, 비슷한 순간이 몇 번 더 있었는데 바로 이런 순간만큼은 결백하고 아무런 죄도 없음을 나는 알고 있다.

부서진 내 마음

　한기가 엄습해 오자 푸른 식물들이 자신들의 운명을 감지하기라도 한 듯 말없이 한 켠에 서있다. 지금은 바람도 불지 않고 식물들도 여름철의 왕성한 성장을 멈추어버렸다. 나비들도 나풀나풀 춤추지 않는다. 아침노을이 약간 분홍색이 섞인 황금빛 태양을 더욱 돋보이게 한다. 해가 떠서야 사람들이 잠에서 깨어 주섬주섬 옷을 입고 밖으로 나온다. 태양은 세상 모든 열의 원천이라는 말이 있다. 이맘때가 되면 세상은 더 이상, 크고 호탕한 웃음소리만으로 모든 생명을 감동시킬 수 없다. 겨울을 알리는 북소리가 멀지 않은 곳으로부터 들려오기 시작했고 태양도 해마다 어김없이 찾아오는 겨울을 피해갈 수 없다.

아쉽다. 생기로 차 넘치던 푸른색과 즐겁게 웃고 떠들던 속세의 이야기 그리고 숲 속에서 기분 좋게 뛰놀던 짐승들을 찾아보기 힘들다. 이 모든 것들은 계절의 변화에 따라 땅속이나 동굴 속으로 몸을 숨길 것이다. 잠깐사이에 추위와 살얼음으로 가득한 세상에 열을 별로 발산하지 못하는 붉은 태양만 외롭게 남아있다. 곧은 연기가 밥 짓는 향기와 함께 하늘로 피어오른다. 세상이 아직도 숨 쉬며 살아있음을 증명해 주듯 말이다.

차가움과 따스함은 세월의 수레바퀴처럼 굴러다니면서 대지를 누빈다. 누구나 아는 사실이다. 하지만 매번 닥칠 때마다 내 마음을 무겁게 누른다.

더 이상 할 말을 잃었다. 계수나무는 왜 아직도 푸른빛을 띠고 있는 것일까? 저 외롭게 지저귀는 몇 마리의 새는 무슨 말을 하고 있을까? 이제 곧 겨울이 닥칠 것이다. 땅 속 깊이 뿌리박고 살던 나무며 그 나무 위를 날아다니던 새들이며 할 것 없이 세상 모든 생명은 다 함께 이 겨울을 견뎌야 한다. 가을을 쫓아갈 만큼 빠르게 날 수 있는 날개가 없기 때문에 따뜻함이 가득한 낙원에서 살기는 힘들다.

밤 그리고 가을바람

창밖에서 바람이 불면서 나뭇가지들이 바람에 흔들려 "솨—솨—" 소리를 낸다.

찬바람을 맞으면서 걷다보면 저도 몰래 옷깃을 여미게 된다. 바람은 날개라도 돋친 듯 나뭇가지를 휩쓸며 지나간다. 머나먼 시베리아로부터 부는 바람이 러시아의 시적 정취를 가득 몰고 온다고 생각하니 말로 표현할 수 없는 감동이 밀려왔다. 이 바람은 계속 남쪽으로 불어 바다에 다다를 것이며, 남쪽의 따뜻한 바람과 함께 적도에까지 이를 것이다.

가을바람이여! 오래 전 푸시킨[4]과 바이런[5]이 허스키한 목소리로 너와 공감을 이뤘다면 오늘은 나랑 화답해봄이 어떤가!

바람은 동력이고 힘이며 호흡이다. 또한 거대한 자연 속에서 하늘과 땅을 뒤집을 듯 거칠게 숨 쉬면서 끊임없이 새로운 것을 만들어낸다. 인간의 숨결과 너무도 흡사하다. 정확히 말하면, 가을바람과 자연이 인간과 만나는 순간, 경박해 보이는 연두색의 나약한 나뭇가지 그리고 버섯처럼 번식이 빠른 암 같은 존재의 모든 잡초들과 썩어빠진 것들을 깨끗이 씻어 주고 다시 새로운 생명을 탄생시킨다.

이것이 내가 가을을 좋아하는 이유다. 차고 강인하며 날카로움까지 지닌 가을의 무정함 속에 새로운 생명이 깃들어 있기 때문이다. 이를 재생이라 부른다.

---

4 Pushkin, Alekasnder Sergeevich, (1799~1837)

5 Byron George Gordon, (1788~1824)

　가을바람이여, 마음껏 불어라. 너의 폐가 허락하는 대로 있는 힘껏 불어라! 나는 귀 기울여 듣고 있다. 나의 상상은 너의 날개를 빌어 더 높이 날아갈 것이다. 날개를 펼치고 높이높이 날고 싶다.

　나는 창가에 마주서서 가을밤에 부는 바람소리에 귀를 기울인다.

상현달

　오늘은 음력 초아흐레다. 저녁 여섯 시나 일곱 시 즈음 되어 낮 모양의 밝은 상현달이 지붕위로 떠올랐다. 회부옇고 시커먼 하늘에 떠 있는 모습이 고결해 보인다.

　겨울밤은 빨리도 찾아온다. 상현달조차도 너무 빨리 뜬다는 느낌이다. 저녁식사를 마친 나는 황혼을 벗 삼아 산책을 시작했다. 찬바람이 급히 갈 곳을 찾을 때 나는 머리를 들어 달을 쳐다보았다. 순간 마음이 탁 트이면서 내 가슴 속에 있던 고독감이 완전히 사라져 버렸다.

　상현달은 온전하지 못하다. 둥근달에 비해 훨씬 야윈 모습을 하고 있다. 그래서 더 아름답게 느껴지는지도 모른다. 보는 사람의 마음을 사로잡는다. 보름달은 너무 완벽하여 오히려 속된 느낌이 든다. 그래서 나는 보름달을 싫어한다.

　여름밤에도 이런 상현달이 뜰 수 있을까? 분명 떴을 것이다. 하지만 나는 한 번도 본 기억이 없다. 달빛이 대지를 밝게 비추고, 나뭇가지 혹은 벽 모퉁이에 달이 걸려있던 기억밖에는 없다. 개굴개굴 개구리 울음소리가 달빛과 그림자 속에서 울려 퍼진다. 밤하늘에 두텁고도 무거운 색채를 더해주는 듯하다.

제2부 나의 추구 我的人文追求

살아있음의 증거

요즘 나는 나 자신이 이 지구 위에서 떠돌아다니는 방랑자, 나그네에 지나지 않는다는 생각이 든다. 생명은 나에게 있어서 한 번의 여행길이요, 정처 없이 떠돌아다니다가 머무는 몇 개의 역참이나 여관에 지나지 않는다. 삶은 아름답고 세상은 다채롭다. 나는 죽으면 이 세상을 더는 볼 수 없게 된다. 허나 세상은 다르다. 세상은 항상 이렇게 푸른색으로 물들어 있고 늙어가는 모습이란 전혀 찾아 볼 수 없다. 나는 이 세상과 친해져야 할 것 같다. 살아있는 동안 세상과 소통하며 기쁨을 함께 나누고 서로를 보살펴야 할 것 같다. 세상은 내 그림자를 만들고, 나는 그런 세상에 그림자가 되어주고⋯ 우리는 서로를 거울삼아 상대방의 눈에서 진정한 자신을 찾아보게 된다. 서로의 목소리와 행동, 그리고 생명 속에서 하나의 작은 창문을 열고 자신의 또 다른 면을 비춰 본다.

바람이 불면 나는 귀로 바람의 꼬리를 잡고 가면서 바람의 옷깃에 매달리고 싶다. 비록 서툴지만 휘파람 불면서 푸른 하늘아래 흰 구름이 나한테 전하는 안부에 화답하고 싶다. 목청을 돋우어 내 마음속의 생명을 노래하고 싶다. 파릇파릇한 새싹이 나뭇가지를 감돌며 봄기운을 알리듯 말이다.

비는 초봄이 완연한 황혼 무렵부터 찜찜하고 무더운 여름날까지 계속 내린다고 한다. 추적추적 비가 자주 내리는 계절이 되면 비는 시간에 따라 그 크기가 변하고 어디에 내리냐에 따라 그 모양도 달라진다. 항상 소리 없이 왔다가고, 소탈하면서도 자유분방하고 마음까지 맑다.

어쩌면 나랑 흡사하여 내 속에 비가 있는지, 비속에 내가 있는지 구분이 안 된다.

들풀, 푸른 나무, 무성한 덩굴, 가시 박힌 관목, 아름다운 꽃, 이름 모를 잡초와 들꽃 그리고 그 주위를 배회하는 나비와 작은 날벌레들 … 나는 이 모든 것에 흥미를 느낀다. 봄이 되면 찌득찌득하고 습기로 가득 찬 진흙탕 속에서 어쩜 이리도 아름다운 싹들이 돋아날 수 있을까? 그리고 그 위에서 자라는 사랑스러운 생명들이 저들만의 방식대로 춤추고 노래하는 모습은 왜 이다지도 아름다울까?

많은 사람들이 온종일 꿈을 꾸더라도 꿈속의 내용을 전혀 기억하지 못한다. 왜냐하면 그들의 마음이 사막처럼 삭막하고, 그들의 꿈이 현실성이 전혀 없는 신기루처럼 전혀 갈피를 잡을 수 없기 때문이다.

푸른빛은 살아있음을 증명하고, 신기루는 죽은듯한 고요함을 상징하는 것 같다.

진심

그대의 진심이 통한다면 이 세상에는 햇빛이 한 가닥이라도 더 많아질 것이다.

이 세상에서 햇빛이라는 귀한 보물은 결코 어디서나 마음대로 볼 수 없다. 우리는 늘 인간은 선량하다고 한다. 그럴수록 인간은 이 귀한 보물을 더욱 소중하게 간직해야 한다.

삶은 때로는 순탄치 못하다. 팔자 또한 사나울 수도 있다. 그러나 포기하지 않고 노력하면서 그 진심이 통하게 한다면 삶은 희망이 있고 빛이 보일 것이며, 그 희망과 빛은 그대의 삶을 밝게 비춰줄 것이다.

그렇다. 물론 진심이 통한다고 하여 모든 것을 얻을 수 있는 것도 아니고, 진심을 가지고 있다고 해서 모든 일을 이루어낼 수 있는 것도 아니다. 하지만 이 세상에 진심이 없다면 세상은 그저 사막에 불과할 뿐이다.

조금은 고통스럽고 조금은 허무한 순간이 있더라도 따뜻한 태양을 바라보며 웃어넘기고 자기가 갈 길을 걸어가야 할 것이고 그렇게 자신만의 삶을 살아야 할 것이다. 마음에 진심을 소중히 간직하고 있다면 이 세상에 두려울 것이 무엇이겠는가?

대지

대지는 평범하고 아무 곳에서나 다 볼 수 있는 것이나 넓고 두터우며 인간에게는 한없이 인자하다. 대지는 세상 만물의 자애로운 어머니이다. 대지는 우리를 낳았고, 묵묵히 우리를 키워준다. 대지는 우리들에게 과거, 현재, 미래를 통 털어 항상 소중한 보금자리가 될 것이다. 대지는 우리가 움직일 수 있는 힘의 원천이다.

그러나 언제부턴가 우리는 대지를 무시하고 경멸하며 지어 배신까지 한다. 그때부터 우리는 마음속으로부터 타락하기 시작했으며 차츰 대지의 따뜻한 품을 느끼기 힘들어졌다.

그 뒤로부터 우리는 자신의 낙원을 잃었고 방랑하는 삶을 살기 시작했다.

그림자

해가 떠야 나는 자기 그림자를 볼 수 있다. 이는 빛을 갈망하던 중 우연히 발견하게 된 것이다.

나는 그림자 때문에 울고 웃는다. 만약 그런 것이 없다면 부끄러움을 느끼고 불안감에 젖을 것이다. 오랫동안 그래왔다. 그림자의 성화를 이기지 못해서 그렇게 된 것이다. 그림자는 자신의 의사를 이 세상에 표현하고 싶었으나 목청이 없다. 하여 나처럼 그저 평범하고 속된 인간이라도 자신을 대변해 주기를 바랐다. 그림자는 인멸되거나 질식되는 것을 아주 싫어한다.

허나 나의 약한 어깨로는 그림자의 무거운 아픔을 감당하기 힘들다는 것이 느껴진다. 소음처럼 갈린 목소리로는 그림자의 격정과 멜로디를 연출해 낼 수 없다. 때문에 나는 그림자의 갑작스러운 출현에 가끔 불안해하고 방황할 때가 많다. 궁색한 생활이 지속되던 나날에도 나는 그림자를 부축하면서 함께 가야 했다.

"그림자는 무엇일까? 대체 누구일까? 수천 년을 억눌렸던 불굴의 신귀(神龜)인가? 아니면 몇 세기 동안 갇혀있었던 자유의 화신인가? … 그것도 아니면 영원불멸의 존재를 암시하기 위한 것인가? 먼 옛날 하늘땅을 열어놓았던 선인들이 남겨놓은 유산인가?"

내 물음에 그림자는 항상 넓디넓은 대지마냥 침묵으로 일관한다.

하여 나는 지금까지도 그 정체를 알지 못하고 있다.

봉황열반을 다시 보다

홀로 들에서 산책하다가 잡초가 발을 스치는 사락사락 소리에 귀를 기울여본다. 태양은 말없이 서쪽으로 달려간다. 곧 꺼져 버릴 모닥불처럼 점점 약해지다가 어둠 속으로 자취를 감출 것이다. 대신 달과 무수한 별들이 어두운 밤하늘을 장식할 것이다.

나는 방향을 잃고 말았다. 어디로 가야 할지 모르겠다.

기억은 잠 설친 바람처럼 내 얼굴을 스치고 지난다. 그리고 멀리 날아갔다가 점점 희미해지면서 아무것도 보이지 않는다.

나는 다만 자신이 아직 살아 있음을 희미하게 느낀다.

모든 것이 없어지고 모든 것이 다시 시작되려는 것일까?

시간이 돌고 돌아 봉황이 다시 열반에서 중생(重生)하려는 것은 아닐까?

아, 훼멸이든 영생이든, 삶이든 죽음이든 막론하고 내일은 태양이 다시 떠오를 것이다. 이를 위해 어둠속에서도 모든 생명이 천천히 앞을 향해 나아간다!

너는 나약하게 어둠속에서 가냘픈 목숨을 부지하고 싶어 하지 않았다. 오히려 석양의 모닥불 속에서 자신을 불태우면서 최후의 순간을 장식하고 싶었을 것이다. 너의 생명은 열화 속에서 불타게 될 것이고, 날개 돋친 구름처럼 광명을 찾아갈 것이요, 아침에 솟는 태양을 찾아갈 것이다.

어쩌면 너는 오백 년 만에 재생하는 봉황일지도 모른다. 날마다 훈련을 거친 너의 깃털과 너의 의지는 비록 비바람 속에서 점차 빛이 바

랠 것이나 불 속에서 훼멸하는 순간 다시 날아오르면서 재생하게 될
것이요, 세상을 날면서 끊임없이 노래 부를 것이다!

이제 하늘은 꽃구름으로 가득차고 석양은 붉은 피처럼 솟아오를 것
이다. 그 모습이 바로 열반한 봉황의 모습이요, 재생을 경축하는 노랫
소리다!

*보라, 봉황이 드디어 열반했다! 우리가 고대하던 봉황
이 열반했다, 열반했다! 우리의 봉황이 재생했다, 재생
했다! 재―생―했다!*

인류와 새

태초에 인간은 원시적인 방법으로 그들을 잡아 죽였고, 후에는 그물이나 총과 같은 도구로 그들을 멸망의 변두리까지 몰아갔다. 하지만 그들은 의연히 두려움을 떨치고 노래 부르며 하늘을 난다. 그들은 생명을 갈망했고 생존의 기쁨을 만끽한다. 그들은 자살 같은 짓은 절대로 하지 않는다. 그들은 노래 부를 줄 알기 때문이다.

지구상의 모든 생명은 자신만의 생존 방식이 있다. 또한 자신의 천적이 있고 극복해야 할 고난이 그들 앞에 도사리고 있다. 하지만 자살 같은 행위는 거의 하지 않는다. 최근에 돌고래나 다른 종류의 고래들이 좌초하여 죽는 경우가 있다고 들었다. 서식하던 바다가 오염되었기 때문이라고 한다. 고래가 사는 동네는 인류가 만들어낸 쓰레기와 죄악들로 가득하여 이를 견디지 못한 고래들이 죽음으로 내몰렸다고 한다. 어쩔 수 없는 선택이었을 것이다.

새들은 이런 극단적인 선택을 하지 않는다. 이들에게는 높고 넓은 하늘이 있기 때문이다!

하지만 사람들은 고통에서 해탈하기 위해 극단적인 방식인 자살을 선택하기도 한다. 이들은 조상 때부터 살아왔던 터전에서 해탈하고 싶어 하고, 자신들이 지은 집에서 도망가고 싶어 한다. 이미 자살을 선택한 사람은 누가 자기에게 독가스를 뿌렸는지, 그리고 누가 식수에 독을 탔는지를 알지 못한다. 거리에 나서는 순간 이들은 어지럼증을 느끼고 견디기 힘든 고통을 느끼게 된다. 마지막 순간 조상들이 남겨준 한 가닥의 상상력만으로는 그들의 죽어가는 육체를 하늘높이 새처럼

높게 날 수 있게 하지는 못한다. 자살자들은 마지막 순간 극단적인 선택을 하게 되는데 호흡을 참고 물도 마시는 않는다. 그들의 생명은 한 오리 바람이 되어 그들이 왔던 곳으로 날아간다.

　— 순수하고 무지막지한 돌고래나 다른 종류의 고래들이 바닷가에서 극단적인 선택을 하듯이.

양귀비꽃

봄이 되면 골짜기나 들 그리고 정원이나 집 앞 발코니에는 아름다운 꽃들이 활짝 핀다. 기묘한 느낌을 주는 달맞이꽃도 있고, 아름답지만 가시가 돋친 장미꽃도 있다. 평범하지만 우아한 꽃이 있는가 하면 화려하고 고귀한 느낌을 주는 꽃도 있다. 사람들로 하여금 한 번 보고나면 계속 미련을 가지게 하는 큼직하게 생긴 꽃도 있고 사람들의 사랑을 한 몸에 받는 아주 작은 꽃도 있다. 정말 이루다 헤아릴 수 없을 정도로 많고 다채롭다.

하지만 이름만 무수히 들어보고 지금까지 실제 모습은 본 적이 없는 한 가지 꽃이 있다.

처음 그 이름을 듣는 순간 나는 혐오감을 느꼈다. 하지만 시간이 흐를수록 호기심이 발동하여 어떤 모습인지 궁금해졌다. 하루는 삽화가 있는 약초관련 서적을 읽게 되었는데 지금까지 내 호기심을 자극하던 그 꽃이 있는 게 아닌가. 사실 그 꽃은 너무 아름다웠다. 세상 사람들이 가장 아름답다고 칭찬이 자자한 모란이나 연꽃에 비해도 전혀 손색이 없는 꽃이었다. 꽃의 색은 피처럼 붉거나 눈처럼 하얗다. 그리고 쭉 빠진 자태는 우아했고 생기가 넘쳤다. 그림 속의 꽃을 바라보노라니 짙은 꽃향기가 느껴졌다. 하지만 용도에 대한 설명을 읽는 순간, 나는 당혹감을 감추지 못했다.

이 꽃이 바로 사람들이 그렇게 싫어하고 피하고자 했던 꽃이란 말인가? 다른 꽃들과 비해도 전혀 손색이 없는 아름다운 이름을 가지고 있고, 약효 또한 뛰어나다. 꽃 열매를 따서 껍질을 벗기면 그 속에서 나오는 즙으로 큰 병도 고칠 수 있다고 한다. 하지만 이렇게 곱게 생기고 이름도 아름다우며 효능 또한 뛰어난 꽃이 정녕 다른 꽃들이 누리는 삶은 고사하고 생존권마저 박탈당하다니. 세상에서 가장 운이 안 좋은 이 꽃이 바로 그 유명한 양귀비꽃이다.

우리는 항상 순결과 아름다움을 노래한다. 그리고 사심 없고 숭고한 것만을 추구한다. 이러한 가치관에 따르면 양귀비꽃이야말로 최상의 꽃이 아니겠는가. 그런데 왜 세상은 역귀를 피하듯 양귀비꽃을 싫어하는가?

"그 매혹적인 미소에 죄악과 고통이 있으니…"

이게 대답이다. 이런 죄명을 쓰게 된 데는 이유가 있다고 한다. 사람들은 이 꽃을 보는 순간 소유욕이 생기게 되고 그 속에 빠진 나머지 헤어 나오지 못하고 타락하게 된다고 한다. 그리고 나중에는 스스로 목숨마저 끊는다고 한다. 그래서 사람들은 모든 죄명을 양귀비꽃에 들씩

웠는데, 도대체 꽃의 잘못인지 아니면 소유욕에 빠진 사람들의 잘못인지 분간을 못한다.

나는 이제야 깨달았다. 욕심과 거짓으로 넘치는 세상에서는 진심이 절대로 용납될 수 없다는 것을. 그게 양귀비꽃이 아니라 봄이면 피었다가 가을에 누렇게 지는 이름 없는 잡초라고 해도 절대로 용납하지 않았을 것이다.

양귀비는 자신의 처량한 신세를 통해 나에게 새로운 진리 하나를 가르쳐줬다.

창세기 첫째 날

노쇠한 태양이 영원히 가라앉아 소진된다면 세상은 깜깜하고 깊은 나락에 빠지게 될 것이다. 만약 이런 세상이 온다면 나는 어떻게 살 것인가?

태양이라고 하는 눈부신 등불 아래서 수많은 세월동안 공연장의 주연과 조연 그리고 악역들이 만족스러운 표정으로 무대에서 내려와 뿔뿔이 떠나가 버리고 나만 홀로 이 세상에 외롭게 남게 된다면 어떻게 살까!

어둠 속 한 귀퉁이에 숨어서 나는 막이 오르고 내리는 것을 볼 수 있었고, 극의 서막과 고조 그리고 급급한 마무리 과정을 모두 확인할 수 있었다. 소리 지르고 싶었지만 목이 꽉 막혔다. 그래서 박수로 내 마음을 표현하고 싶었다. 지금은 공연을 보면서 지루함을 느끼던 관객들과 요란한 분장을 했던 배우들 모두 가버렸고 극장의 등불마저 꺼져있다. 대신 입장권이 없이 숨어들어온 나만 극장 안에 갇혔다. 나는 더듬더듬 무대 위로 올라갔다. 불현듯 노래를 부르고 싶었고 춤을 추고 싶었다. 주변은 칠흑같이 캄캄하다.

나는 무대 가운데 쭈그리고 앉았다. 아마 그런 모습이었을 것이다. 눈앞에는 헤아릴 수 없이 많은 얼굴들이 스쳐 지난다. 귓가에는 배우들의 어지러운 발소리와 시끄러운 수다소리가 들리는 듯 했다. 전혀 조리가 없는 대사와 무대 아래에서 들려오는 요란한 박수소리도 들리는 듯 했다. 막이 내리면서 주위는 다시 조용해졌다.

나는 이 모든 것이 내 차지가 되었다고 생각했다. 내 소유가 되어버린 것이다! 나는 배우이며 감독이고 관중이 되어 일인삼역을 소화한다. 나는 나에게 말을 걸고 내 자신의 배역을 담당하면서 나를 위해 박수를 보낸다. 그리고 어둠 속에서 맨 손으로 싸우고 자신을 위해 한 가닥의 광명을 만들어냈다. 그리고 자신의 창백한 얼굴을 비추어 본다. 관객 하나 없지만 전혀 상관없다.

그렇다. 자신을 위한 빛을 만들어야겠다. 하나님이 창조의 첫째 날 했던 것처럼 나 역시 그대로 할 것이다.

빛이 있다면 모든 것이 가능할 것 같다.

마음

내가 더는 이기적이지 않고 이것저것 따지지 않는다면 내 자신이 늦가을의 하늘처럼 맑아질 수 있을까?

그렇다고 내 자신을 버릴 수는 없다. 내 자신이 있었기에 이 세상이 존재하는 것이니까. 내 자신은 독립적이고 누구에게도 의지하지 않는다. 하지만 이 세상과 연결되어 있어 태어날 때부터 하늘과 땅 사이에서 도망치지 못한다. 어떻게 하면 혼자만 있을 수 있을까?

해와 달은 두 개의 등불이요, 인간세상은 한 편의 극본이다. 먼저 등불을 얻음으로 해서 나는 이 세상을 볼 수 있었고 자신을 볼 수 있었다. 그 다음 나는 이 세상 속으로 들어가게 된다.

마음은 텅 비었다. 하지만 그 속에 뭔가가 있다. 나만의 세상이 있는 것이다. 텅 비어있기 때문에 더 넓고 진실한 세상을 담을 수 있지 않을까.

생명은 무엇일까?

생명은 한 줄기 빛이요 한 송이 불꽃이다. 종적을 남기지 않고 다니며 눈에도 띄지 않는다. 어떤 인연에 이끌려 멋진 모습으로 나타났다가 한동안 빛을 뿌린 다음 다시 왔던 곳으로 돌아간다.

부모님에 의해 세상에 태어나는 순간 우리는 자신의 빛을 발한다. 어떤 빛은 좀 어둡고 어떤 빛은 아주 눈부시다.

하지만 이 빛은 언젠가는 소진될 것이다. 불씨만 보존할 수 있다면 그리고 그 불씨를 타인에게 전해줄 수 있다면 그 빛은 세상에 영원히 남을 수 있지 않을까 생각해본다.

영혼의 흐름

그리스 철학자 헤라클레이토스는 '사람은 두 번 다시 동일한 강물에 들어갈 수 없다'고 했다. 이 말을 들은 후 나는 참 유감스럽게 생각했었다. 지금 생각해 보면 그 강이 끊임없이 흘러가는 '인간의 강'인 것 같다.

인간의 몸이 유년기를 거쳐 성장하면서 성숙되고 다시 쇠약해 졌다가 나중에 소진된다는 것은 누구나 다 아는 사실이다. 그렇다면 인간의 영혼은 어떻게 되는 것일까? 역시 세월 따라 흐르는 것이 아닐까? 어제와 오늘이 다르고 오늘과 내일이 다르다. 그럼 내일의 내일은 어떤 모습일까? 수없이 많은 모습을 하고 있던 영혼들은 다 어디로 가버린 것일까? 흩어져 우주 속으로 사라진 것일까? 아니면 풀밭에 스며들었을까? 사람이 마지막 숨을 토해내고 죽는 순간 몸은 시체가 된다. 그리고 시간이 더 흐르면 시체는 한줌의 먼지가 되고 마는데, 자연 속으로 회귀한 것이라고 할 수 있다. 그리고 그 영혼은 누구도 모르는 허무하고 원초적인 곳으로 되돌아가게 될 것이다. '눈에 보이지 않는 것'이 아니라 '완전히 소진된 것'이다. 철로 만든 칼이 화로 속에서 녹아버리면 칼날도 따라서 없어지는 것처럼 말이다.

누구도 이 운명에서 벗어나지 못한다.

허나 자신의 영혼을 이 세상에 계속 남겨둘 수는 없을까? 있다면 무슨 방법으로 가능하게 할까? 특수한 매개체를 이용하면 가능할 것이다. 문자나 음표, 조각과 같은 부호형식을 이용하면 가능해지게 되는데, 이런 매개체에 영혼을 담아놓으면 영혼은 그 속에 녹아든다. 어느 순간 이 매개체가 다른 사람들의 주목을 받게 되면 그 속에 녹아있던 영혼들도 새롭게 생명력을 얻게 되는 것이다.

개개의 영혼들은 독립적인 개체로 보이지만 사실 홀로 존재하는 것이 아니라 다른 영혼 그리고 우주만물과 밀접한 관계를 가지고 있다. 때문에 영혼이 매개체 속에 녹아들어 새로운 형태를 갖추게 되면 자연히 사람들에 의해 인식될 것이며 인정도 받게 될 것이다(물론 인정받지 못하는 경우도 많다). 따라서 개개의 영혼들은 수많은 인간들과 관계를 맺게 되고 인류 공동의 영혼으로 영원히 자리 잡는다.

영혼은 흐르는 물과 같다. 창조주가 만들어낸 대자연의 율법에 따르면 모든 물은 강을 통해 바다로 흘러 들어간다. 이 세상에 존재하는 많은 영혼들은 보통 자기 멋대로 산다. 때문에 살인과 약탈 그리고 기만을 일삼는가 하면 용맹과 진실 그리고 솔직함과 사랑으로 넘치기도 한다. 허나 생명체로서의 영혼은 서로 혼연일체를 이루며 부딪치고, 투쟁하며, 뒤섞인다. 서로 다른 강들이 모여 바다로 흘러가기에 바다는 영원히 마르지 않는다. 바다처럼 영혼도 기본도덕과 근본율법에 얽매여 우여곡절을 겪기도 하지만 나중에는 생기로 차 넘칠 것이다. 작은 잘못을 저질렀다고 해도 소멸되지 않을 것이며 항상 거울을 비출 수 있게 빛을 소유할 수 있고 그 빛 아래에서 춤을 추며 앞으로 나아갈 수 있다.

이 빛은 '영혼'을 남겨두고 싶은 사람들과 같은 생각을 가진 모든 사람들이 모여 함께 만들어 갈 것이다. 이들은 빛 아래서 함께 지내면서 이 빛을 더 환하게 만들 것이다. 이렇게 빛은 창조 속에서 솟아나 불꽃처럼 드넓은 들판을 불태울 것이다.

발견

　비 온 뒤에는 파란 풀이나 푸른 나무 그리고 가로수 밑에 펼쳐진 한적한 오솔길과 잔디 위에 펼쳐진 맑은 하늘 등 주변의 모든 것이 고요함에 빠진다. 짝 없이 외로운 매미 한 마리만 울다가 쉬기를 반복한다.

　노르스름한 빛이 대지를 뒤덮었다. 계절 따라 잎이 무성하게 자란 오동나무가 내 시선을 가린다. 나는 불필요한 생각들을 내려놓기로 했다.

　내가 서 있는 자리는 우리 조상들에게도 익숙했던 곳일 수 있다. 나중에 땅이 점점 무거워지면서 영혼의 새가 거대한 날개를 아무리 저어도 조상들이 살고 있던 그곳 까지는 가기 힘들어졌다.

　이 땅 주변은 온통 물로 둘러싸여 있다. 그렇다면 우리가 찾는 영원한 언덕은 어디에 있고 어떻게 가야 할 것인가?

　이 세상에 넓디넓은 배는 없을까? 이 세상의 모든 시끄러움과 소란스러움을 다 싣고 갈 수 있는 그런 배 말이다.

　만약 펜을 노로 삼고 문자를 꿈 삼아 배를 만든다면 이 모든 것을 실을 수 있지 않을 까 하는 부질없는 생각이 든다.

어둠 속의 생명

나는 밤낮이 뒤바뀌어 지내는 생명들에 관심이 많다. 반딧불이, 청개구리, 쥐, 부엉이와 같은 동물이나 우담화, 월하향 같은 식물들은 세상에 태어나는 순간부터 밤낮이 뒤바뀌었다. 이들은 정말 어둠이 좋아서일까? 아니면 빛과 사람이 싫어서 일까? 전에는 이에 대해 깊이 생각해 본 적이 없었다.

적어도 청개구리나 쥐와 같은 동물들은 태어날 때부터 어두움을 좋아했던 것은 아니었을 것이다. 청개구리는 '벼 수호천사'라는 멋진 이름을 가지고 있으나 사람들은 이를 잡아 밥상에 올린다. 쥐는 더 말할 것도 없다. 태어나서부터 훔쳐 먹기 좋아했다고 볼 수 없다. 자신이 태어난 곳에서 살 길을 찾다보니 이 동네에서 먹을 것을 찾아 헤맬 수밖에 없었을 것이다. 게다가 쥐는 번식력이 강한 동물이라 아무리 때려 죽여도 계속 나타난다. 이젠 어느 정도 인간의 습성이 배인 듯하다. 그렇다면 우담화나 월하향 같은 꽃들은 왜 밤에만 피는 것일까? 다른 타인의 눈이 부끄러워 자신의 예쁜 모습과 향기를 감추기 위해서 일까? 아니면 조용하고 평안한 밤이 좋아서 밤에만 피는 것일까? 그것도 아니면 자신들이 너무나 고결하다고 생각되어서 일까? 아름다움을 감상하고 향기를 맡으면 또 어떠리. 하지만 이들은 절대로 그걸 원치 않는다. 하여 많은 사람들이 유감스럽게 생각하지만 이 꽃들은 이들은 여전히 밤에만 피는 자신들의 습관을 고집한다.

계속 생각해보니 아마 세속의 먼지가 그들의 용모와 향기를 더럽힐까 무서워서 그랬을 것이다. 그리고 사람들의 편협한 시선이 싫어서 일거라고도 생각했다. 하지만 도대체 무엇 때문인지 진정한 이유를 난 아직도 모른다.

나의 영혼

과거는 구름처럼 지나가 버렸다. 그런데 내 영혼은 아직도 울고 있다!

철없던 시절 나는 세상이 하라는 대로만 살아왔다. 내 몸에 영혼이 붙어있는지도 몰랐다. 허나 내 영혼을 발견한 후 부터는 모든 것이 달라졌다. 매일 내 영혼을 볼 수 있다는 사실에 나는 마음이 무거워지고 빠져나오기 힘들다. 그렇다고 건망증 환자처럼 모든 걸 잊고 살 수도 없다.

세월이 흐르고 나면 현재도 미래도 모두가 지난 과거가 되고 말 것이다. 내가 무덤에 묻힐 때 즈음 되면 세상에 남는 것은 고독한 나의 영혼뿐일 것이다. 눈에 띄지 않는 영혼은 더 이상 꽃이 꿀벌들을 유인하듯 세상을 유혹하지 못할 것이다. 내 영혼이 갈 곳은 어떤 곳일까?

시련과 고난을 겪으면서 나는 육신의 생존만을 생각해 왔다. 노래나 꿈처럼 내 영혼에 좋은 영양분을 공급하는 일이 얼마나 힘든지 전혀 생각지 못하고 있었다.

영혼이 부활되려면 뭐가 필요할까? 그 때면 어떤 노래를 불러줘야 할까?

내가 침묵을 지키는 것은 내 영혼이 깊은 슬픔에 잠겼기 때문이요, 내가 끊임없이 이야기하는 것은 내 영혼이 고통을 이기지 못해 힘들어 하기 때문이다. 영혼이여! 내 '자아'가 세상에 빠지게 됨은 부모의 탓이건만 현재의 내 모습은 당신 때문이 아니겠는가! 나의 원망을 누구에게 털어놓을 것이며, 나의 한(恨) 또한 누구에게 하소연해야 하는가? 영혼이여, 그대는 악마인가 아니면 천사인가? 왜 나를 낙원에서 건져 올렸다가 다시 고민의 지옥 속으로 던져버리는가?

"가라, 저 멀리 떨어져 있어라! 제발 조용히 있게 내버려둬!"라고 내가 아무리 애원해도 넌 계속 끝까지 내 속에 머물러있었다. 얼어붙은 찬 기운이 버티고 있어서 따뜻한 봄날이 오지 못하게 막듯이. 문턱을 넘지 못한 그 봄은 어디로 갔을까?

운명에는 아직도 많은 날들과 가야 할 여러 갈래의 길이 남아있다. 어쩔 수 없이 나는 정해진 길을 따라 가야 한다. 나의 유일한 안식처는 손에 쥐고 있는 이 펜뿐이다. 펜은 나의 지팡이가 되어 나로 하여금 앞으로 갈 수 있게 지탱해 줄 것이다. 나는 내 영혼을 원래의 자리로 데려다 주려고 한다. 대신 나는 진실과 안녕(安寧)을 되찾을 수 있을 것이고, 생명이 지닌 원초적 활력과 생명의 색(色)을 받을 수 있게 될 것이다. 이 세상에서 약간의 평화와 행복이나마 느낄 수 있게 해 줄 것이다.

겨울과 함께 읊조리다

뼛속까지 파고들던 추운 바람이 살며시 따스한 햇살을 머금은 어느 하늘을 감싼다. 아침부터 이 광경을 보노라니 온 세상이 다 얼어붙은 듯 했고, 내 방에 있는 작은 난로 옆에만 약간의 온기가 남아있는 듯 했다.

어쩌면 세상이 나를 멀리 떠난 듯 했다. 육체와 마음이 모두 떠나버린 것 같다. 삶 전체가 계절을 따라 사라져 버린 듯 했다. 나는 머리를 숙이고 땅 밑을 내려 보다가 다시 고개를 쳐들어 하늘을 올려다봤다. 그리고 외로운 늑대마냥 코를 벌름거리며 여기저기 냄새를 맡았다. 내 청춘을 다시 찾고 싶어서였고 내 청춘을 재생시키고 싶어서였다.

이제 곧 봄이 다가올 것이다. 생명이 가져다주는 기회와 영생의 가능성 때문에 우리 같이 비천한 인간들도 아름다움이라는 것을 알게 된다. 슬프게 느껴지기도 하지만 끊임없이 새로운 청춘과 생명을 창조해 나간다.

생명은 한 그루의 상록수이다. 때문에 차가운 겨울 한 구석에서 그렇게 쓸쓸히 죽어가지는 않을 것이다.

대승

　나는 알고 있는 문자와 부호들을 전부 모아서 작은 배를 만들었다. 그리고 펜 하나를 노 삼아 바다를 향해 저어갔다. 내가 넘기로 한 바다는 인간세상이라고 하는 망망대해였다.

　이 바다는 참으로 이상했다. 해안이 정해져 있는 게 아니라 보일 듯 말 듯 한다. 때론 가까이 있는 듯 했다가 때론 아주 멀리 떨어져 있다. 그리고 막상 해안에 도착했다고 생각하면 또 발밑이 아직도 휘청거린다.

　이번 항해에서 가장 중요한 것은 배가 있어야 할 뿐만 아니라 힘도 있어야 한다는 점을 생각한 것이다!

빛, 기운, 영혼과 생명의 힘

내 머리카락과 대뇌, 팔다리, 가슴, 등뼈 그리고 내장 모두가 썩어서 흙으로 돌아간다. 너무도 평범하고 자연스러운 일이다. 특별하지도 신기하지도 않다.

내 피는 혈관 밖으로 솟구쳐 육체를 따라 땅 속에 스며든다. 그리고 땅속 깊은 곳에 있는 지하수와 합해졌다가 다시 강한 바위를 뚫고 돌 틈으로 솟구쳐 나와 한곳에 모인다. 강한 힘으로 바위를 뚫고 돌 틈에서 용솟음 쳐서는 산 아래로 내려가 계곡물과 함께 큰 강을 이루며 끊임없이 흐른다.

나의 가슴 안에서 맴돌던 기운은 원래 내가 살던 집 그리고 창밖의 넓은 세상과 항상 하나가 되어있다. 나와 계속 함께 있다가 힘이 빠져서 쓰러질 때면 마지막까지 내 몸 속에 있던 그 기운은 드디어 내 몸에서 빠져나간다. 그렇다고 없어진 것이 아니라 자리를 옮겼을 뿐이다. 기운은 정상적으로 흐르기 때문에 별로 신경 쓸 필요가 없다. 이상할 것도 없다. 지극히 조용하고 정상적이다. 아무 일도 일어나지 않은 듯하다.

살아 있는 동안 몸 안에 있는 피와 기운은 뜨거웠으며, 에너지와 힘으로 작용하여 내 몸을 움직이게 하고 내 피가 흐르게 하며 내 기운이 몸 안에서 운행할 수 있게 한다. 태양은 지구의 생명의 원천이다. 저 지하 몇 천 미터 아래에 있는 지핵(地核)마저도 그 영향에서 벗어나지 못한다. 분명한 것은 태양과 멀리 떨어져 있는 별일수록 더 차고 황막하며 생기가 없다. 뜨거운 열기는 신기하게도 내 몸 안에 붙어있으면서 몸 안 구석구석에 스며든다. 때문에 나는 신(神)처럼 움직일 수 있

고 사지를 펼 수 있다. 나는 흙을 딛고 일어섰다. 이제 더는 흙이 아니다. 만약 내가 죽게 된다면 이 뜨거움도 늦가을의 단풍처럼 휘휘 날아가서 공기 속으로 들어가 버릴 것이다. 내 몸 속에 있는 기운처럼 말이다.

몸의 색상은 여러 가지다. 두 눈처럼 검은 색, 피부처럼 누런 색, 피처럼 붉은 색을 띤다. 하지만 이 모든 색은 태양에서 비롯된 것이다. 햇빛의 일곱 가지 색에서 말이다. 만약 생명이 없어지면 그 순간 하나의 색만 남게 된다. 바로 창백한 흰 색이다. 창백하다는 것은 허무하고 텅 빈 것을 말한다. 이는 생명의 사슬이 잠깐 멈춰버린 상태로, 육체가 다 썩은 다음 완전히 흙으로 돌아가게 되면 다시 태양아래에서 흙과 같은 검은 색을 띠게 된다.

하나 더 있다. 그것은 영원히 만질 수도 느낄 수도 없는 것으로, 어떤 기운이나 열기와 비슷한 것이다. 하지만 둘 중의 하나로만 될 수 있다. 신선 같기도 하고 귀신 같기도 하며 악마 같기도 한데 절대로 눈에 보이지 않는다. 하지만 마음은 오히려 이를 느낄 수 있어 언어를 비롯한 방법으로 표현하게 되는데 그것이 바로 영(靈)이다.

영은 적막한 흙 속에서는 절대로 활동하지 않는다. 대신 흙을 딛고 일어서는 순간 다른 흙에서 나온 생명들처럼 조용히 이 세상에 꽃과 피운다.

영은 생명의 수레바퀴를 앞으로 밀고 나가면서 점차 완벽한 운반체인 사람까지 만들어낸다. 사람들은 어느 순간 자신을 뒤돌아보다가 영과 만나게 되고, 자신이 존재할 수 있는 두 가지 본질적인 형태인 물질과 영(정신)을 의식하게 된다. 그후부터 영은 여러 가지 모습을 가지고 세상에서 빛을 발한다. 색감과 문자 건축 등 유형의 물체를 빌어 유형 또는 무형의 문화유산을 보여주거나 후세에 전한다.

영은 열기나 기운처럼 '삶'과 '죽음'에 구속되지 않는다. 몸이 죽는다는 것은 개체의 분해를 의미하며, 미세먼지가 되어 모든 것이 우주 속으로 돌아간다. 하지만 개체가 가지고 있던 영은 다양한 형식으로 다시 다른 몸에 전달되는데 그것이 바로 인간의 기억이나 집단무의식일 것이다. 아주 우수한 영혼은 인간들에 의해 인식되면서 인류발전에 큰 기여를 한 것으로 오래토록 남게 될 것이다. 때문에 우리는 그 영을 의식하는 순간 무엇인가를 기억하거나 잊을 필요가 없게 된다. 왜냐하면 영이 이미 나의 한 부분이 되었기 때문이다.

이것이 바로 세상이 말하는 '영원함'이다.

사람들은 가끔 이 '영원함'에 완전히 도취된다. 이런 도취는 고통과 단련을 필요로 하는 힘든 과정이지만 영이 자신을 부르는 소리를 듣는 순간 자신의 뜨거운 열과 힘을 다해 인류의 발전을 위하여 최선의 노력을 하게 될 것이다.

영은 태양의 빛과 열이 이 땅에서 길러낸 요정과도 같다. 이 요정은 노래, 새, 번개, 빛처럼 아주 긴 팔을 가진 신(神)이나 종적을 남기지 않는 선(仙)과 같다. 또한 거대한 힘이 될 것이며, 영원히 비추는 빛과 끊임없이 흐르는 뜨거운 열정이 될 것이다. 이를 보통 정신(精神)이라고도 하는데 그 속에는 영생의 씨앗이 있으며, 그 안에는 거절하기 힘든 거대한 힘이 깃들어 있다.

영은 이 세상에서 가장 아름다운 결정체이며, 대자연의 귀중한 보석이다. 이 보석은 빛을 뿌릴 뿐 은행이자처럼 불지는 않는다.

옛날의 어떤 꿈

위 눈꺼풀과 아래 눈꺼풀이 한데 붙었다. 왜 이렇게 단단히 붙었을까? 손가락으로 갈라놓으려 해도 소용없다. 종소리가 고막이 터질 정도로 크게 울린다.

"왜? 또 땡땡이치려고? 조심해…"

위엄 있는 목소리가 저 멀리 어디선가 들려온다. 이대로 있어서는 안 되겠다는 생각에 나는 허둥지둥 침대에서 내려 교실로 뛰어갔다.

발아래에 하얀 길이 펼쳐있고 공기 속에는 시원함이 충만하다. 나만 빼면 이 길은 한적하다.

교실 문을 박차고 들어가 바로 자리에 앉았다. 머리를 들고 보니 고선생님이 눈썹을 치켜세우고 부릅뜬 두 눈 속으로부터 뻣뻣한 손을 내밀어 내 마음을 움켜잡는다. 너무 아파서 나는 두 눈을 번쩍 떴다(정확이 말하면 눈꺼풀이 "뜬 것"이다. 왜냐하면 난 계속 보고 있었으니까). 교실에는 섬뜩한 장면이 펼쳐져 있었다. 학생들은 모두 자신의 머리를 떼어 책상 위에 놓고 있었다. 모자를 벗는 일처럼 아주 쉬워 보였다. 머리가 떨어져 버린 이들의 목덜미는 뻣뻣이 힘을 주고 있는데 가끔씩 좌우로 꿈틀댄다. 책상 위에 놓인 머리들은 암퇘지마냥 쿨쿨 거리며 자고 있다.

나는 무서워 죽을 지경이었지만 어쩐지 웃음이 나왔다. 슬며시 고개를 숙였다.

"왜 지각한 거야?"

"……"

많은 이유들이 생각났으나 한마디도 할 수 없었다.

"밤낮 빈둥대기나 하고, 게을러빠진 녀석. 넌 도저히 희망이 없는 놈이야… 당장 머리를 떼라."

나는 내 귀를 의심했다. 혹시 그가 잘못 얘기했을 거라 여기고 그냥 모자를 벗었다.

"머리를 떼라고!"

뭐라고? 머리를?!

"떼고 싶지 않은데요 … 어떻게 머리를 떼요?"

"싫고 말고가 어디 있어. 난 선생이야. 떼고 싶지 않으면 당장 꺼져!"

나는 굴복하는 척이라도 할 수밖에 없었다. 이상한 것은 정말 모자처럼 머리를 쉽게 뗄 수 있다는 것이다.

나는 선생님의 손에 들린 것이 교과서가 아닌 밥주걱이라는 사실을 새삼스럽게 발견하였다. 그는 칠판을 향해 몸을 돌리고 주걱 손잡이로 칠판 위에 멋스럽게 몇 자 적는다.

— "제2강: 소화기능 개선"

아, 교단 양 옆에는 국을 가득 담은 물통이 하나씩 놓여 있다. 자세히 보면, 그 속에는 한자와 병음 자모(字母)들이 가득하다. 선생님은 손에 물통을 들고 강단 아래로 내려와 손에 든 국자로 학생들 목구멍에 국을 부어 넣는다. 한 명, 한 명 국거리가 내려가는 소리가 꾸르륵 하고 들려오는데, 속 빈 나무에 물을 부을 때 나는 소리와 비슷하다. 이어 내 차례가 되었다.

"왜 아무 맛도 없지요? 선생님."

"네가 뭘 알아. 지식을 배우는 자는 재미가 있어야 그 맛을 느낄 수 있는 법, 재미를 못 느끼는데 어떻게 맛있겠느냐? 이 국이 무슨 국인

줄 알겠느냐? 쾌속 촉매제야. 그리고 한꺼번에 마시지 말고 아껴둬야 해. 나중에 시험 볼 때 마실 수 있게."

파란 잠 벌레 한 마리가 내 앞에서 윙윙 날아다닌다. 수컷이다. 학생들이 더 큰 소리로 코를 골고 있다. 나 역시 졸려서 견디기 힘들다!

하지만 고선생님은 아직도 정색해서 침방울을 튕기며 강단에서 연설 중이다. 그는 온 몸에 열이 넘치는지 먼저 외투를 벗고 다음에는 스웨터, 이어서 셔츠까지 벗었다 ⋯ 모습도 점점 작아지더니 2미터가 넘던 키가 엄지손가락만큼 작아졌고, 분필통 위에서 손짓발짓하다가 칠판 속으로 사라졌다.

촉매제를 먹어서인지 내 아랫배가 더부룩하다. 통증이 느껴지면서 화장실에 가고 싶어졌다. 자리에서 일어나다가 나는 몽롱한 상태에서 벽에 머리를 부딪쳤다.

이렇게 나는 잠에서 깨어났다.

제3부 나의 반성 我的反思

벽(癖) 사랑

그를 정신병 환자라고 불러도 과언이 아닐 것이다. 어느 날 마을을 지나다가 길옆에 방치된 담장 몇 개를 보게 되었다. 앞에 지어진 별장 건물들에 버려진 듯 했다. 수풀 속에 숨어있던 토끼를 본 독수리 마냥 그는 살금살금 담장을 향해 다가갔다. 담장 옆까지 가서는 몸을 기댄 채 쭈그리고 앉았다. 그리고는 빗물에 젖은 자리가 얼룩무늬처럼 보이는 담벼락을 만지면서 의미심장한 표정을 지으며 고개를 끄덕었다. 그러다가 또 담장을 에돌아 다른 쪽 담장을 바라보았다. 아니! 그의 얼굴은 거의 담장과 맞붙어 있었다. 더러워진 담장은 흰 칠을 여러 번 한 흔적이 남아있다. 그리고 거기에는 〈이(李)개자식, 망할 놈〉이라고 쓴 글자들이 어렴풋이 보인다. 게다가 〈이개자식(李狗仔)〉이라는 세 글자에는 엑스표기까지 선명하게 해 놓았다. 법원에서 사형을 집행당한 범죄자의 이름에 뚜렷한 봉인을 해 놓은 듯하다. 그는 한동안 멍하니 이를 바라보다가 정신 나간 사람처럼 싱글벙글 웃으며 머리를 흔들었다. 계속하여 그는 흥미진진하게 다른 담장들을 훑어보기 시작했다. 그러다가 갑자기 자리에 멈춰선 그는 벽 쪽을 뚫어지게 바라보았다. 책을 읽다가 제일 재미있는 부분에 이르렀거나 천년 넘게 전해오던 암호라도 해석한 듯한 표정이었다. 〈모주석 만세!〉 그는 한 글자씩 또박또박 읽어 내려갔다. 〈그래!〉 그는 무언가 깨달은 듯 뒷짐을 지고 담장 옆 빈 땅을 돌고 돌았다. 한 바퀴, 두 바퀴, 세 바퀴… 가끔씩 주변을 둘러보다가 몸을 돌려 보란 듯이 우뚝 솟은 별장들을 흘겨본다. 〈그래!〉 그는 손을 흔들었다. 그리고는 또다시 세월 속에서 흐릿해진 붉은 색 글자 다섯 개를 바라보며 연신 고개를 끄덕였다. 그 모습은 채플린처럼 우스꽝스러웠다. 다만 콧수염, 검은색 예복과 모자가 없을 뿐이다.

오늘도 나는 실면(失眠)했다

나는 붉은 융단이 깔린 커다란 침대를 멍하니 응시한다. 생기 잃은 침대에서 더는 옛날의 따뜻함을 느낄 수 없었다. 하지만 이 침대는 나에게 코를 골면서 달콤한 잠을 취할 수 있게 해 주었고 수많은 꿈을 꿀 수 있게 해 주었다. 아침에 일어나서 이불을 터는 순간 말도 안 되는 일이 발생했다. 나의 꿈들이 산산조각이 나서 사방으로 흩어졌다가 다시 몰려와 시트 위에 촘촘히 다시 깔린다. 따뜻한 봄날이 되면 이들은

그 위에서 싹이라도 날 기세다. 이런 착각에 빠진 나는 눈꺼풀이 천근 무게가 될 정도로 피곤했지만 좀처럼 잠들기 힘들었다. 온몸에 쌓인 것들이 너무 많아 일부를 내려놓을 때가 되었지만 좀처럼 내려놓을 수도 없다. 가슴은 아궁이에 가득 넣은 젖은 땔감처럼 들끓는 열정이 이미 식은 지 오래다. 불을 붙이고 싶어도 붙지 않는다. 그렇다고 끌어내려고 해도 그 안에서 꿈틀도 안 한다. 드디어 침대에 누워보았다. 내몸은 공기가 들어찬 풍선처럼 도저히 가라앉을 생각을 하지 않는다. 이미 속은 텅 비어 있고 껍데기만 남은 듯싶다. 그 안에서는 모기들만 앵앵거린다. 지쳐버린 몸이 제 아무리 날고뛰는 재간이 있다한들 자신의 의지대로 할 수 있는 것은 아무것도 없다.

이것이 나의 현재 모습이다.

이곳에서 삼년 째 살고 있다

　내가 여기서 삼년을 살았다고 하면 누구도 믿지 않을 것이다. 이를 증명해 줄 사람도 없다. 나 자신마저도 그동안 여기서 어떻게 살아왔는지 확실하게 말할 수 없으니까. 내 말만 믿고 누가 증명이라도 해 준다면 어떨까? 그럴 수만 있다면 이 세상의 모든 일들이 다 쉽게 풀릴 것이다. 삼년 전 나는 어떤 모습을 하고 있었고, 어떤 마음으로 어떻게 이 방에 들어왔을까? 나는 지난 과거의 수많은 기억을 더듬어보고 싶었다. 호미를 들고 희미하게나마 보이는 과거를 파헤치다보면 흘러간 세월 속에서 반짝이는 보석이라도 얻을 수 있지 않을까 하는 막연한 생각을 해 본다. 이렇게 과거라는 길을 향해 걸어가던 나는 얼마 지나지 않아 우뚝 솟은 커다란 비석을 만났다. 내 앞길을 막은 비석에는 흰 바탕에 검은 글씨로 큼지막하게 '오늘'이라는 두 글자가 새겨져 있었다. 과거로 가는 길은 오늘이라는 비석에 가로막혀 더는 거슬러 올라갈 수 없음을 깨달았다. 색 바랜 과거는 날이 가고 세월이 흐르면 떨어진 낙엽이나 기침소리마냥 그 흔적을 다시 찾을 수 없다. 그런데도 사람들은 왜 옛날 머물렀던 곳을 돌아보고 지난 세월의 꿈을 되새기는 것일까? 혹시 나 혼자만 과거를 되돌아보지 못하는 것은 아닌가? 방안의 벽 네 면은 검지도 하얗지도 않은 상태로 반쯤 낡아있고 거미들이 그 위를 오가면서 부지런히 줄을 치고 있다. 알람은 여느 때와 마찬가지로 제시간에 울린다. 과거는 도대체 어디로 숨어버린 것일까? 혹시 바닥에 떨어진 머리카락처럼 너무 가늘어 내 눈에 보이지 않는 것은 아닐까? 나는 방바닥에 쭈그리고 앉아 열심히 찾아보았다. 하지만 찾을 수가 없었다. 그렇다면 과거는 도대체 어디로 간 것일까?

아름다움에 대한 발견

세상에 영원한 아름다움이 존재한다고 나는 믿는다. 맹인이거나 녹내장환자 그리고 근시안, 트라코마, 각막염 등 질환을 앓고 있다면 길을 걸을 때 각별히 조심해야 하는데 이들은 그 아름다움을 어떻게 발견할까?

인간의 영혼과 세상이 교감을 이룰 때라야 우리는 아름다움을 발견할 수 있다. 만약 세상으로부터 버림을 받거나 세상과의 교감을 거부한다면 어찌 세상의 아름다움을 발견할 수 있겠는가?

소외감을 느낀 나머지 저도 모르게 시끌벅적한 사람들 사이를 빠져나와 꽃, 풀, 구름, 하늘과 교감을 원하게 되었다. 속세의 여러 가지 기괴한 심령들과 달리 이들은 아름답고 순수하며 선량하다. 나의 마음을 이들에게 내 놓는 순간 나는 자유와 기쁨을 느낄 수 있었다. 전설 속에 나오는 물가에 우두커니 서서 그 속에 비친 자신의 모습을 바라보는 외로운 소년처럼 말이다.

노래

　여름에 내리는 비는 항상 기약 없이 찾아온다. 큰 비가 쏟아진 뒤에
는 가랑비가 내린다. 우기가 지났음을 말해준다. 그냥 흙과 그 위에 자
란 풀들을 적시려고만 할 뿐 뭔가 바라는 것도 이루고자 하는 것도 없
는 것 같다. 하지만 도처에 널린 푸른 잎들은 유유자적하면서 뭔가 깨
달음이라도 얻은 듯하다.

　비가 내린 뒤면 땅은 축축해진다. 공기는 습기를 가득 머금은 듯 했
고 햇빛을 차단하고 있었다. 세상의 모든 푸른 잎들은 물기를 머금은
채 반질반질 윤기가 흐른다. 고온의 날씨도 습기 때문에 열기가 조금은

덜한 것 같다. 귀뚜라미들이 여기저기에서 듣기 좋은 소리로 노래를 부른다. 새소리가 없는 이곳에서는 더없이 아름다운 연주가 될 것이다.

감정의 소용돌이에 빠져 얼기설기 얽혀버린 내 마음이 간간히 아파난다. 하여 골방에 숨어들어 그 누구도 만나고 싶지 않았고, 내 모습을 누구에게도 보여주기 싫었다. 오직 자신만을 돌아보고 싶었다. 내 그림자는 더는 외로움을 느끼지 않을 것이다. 현실은 내게 다가와 사소한 일들도 내 손을 거쳐야만 하고, 또 많은 일들이 내 옆을 스쳐 지나게 했다. 하지만 이런 것에 전혀 마음을 두고 싶지 않다. 다만 마음속 한 구석에 순간의 놀라움과 지나치기 쉬운 목 메인 울음소리정도만 간직하고 싶을 뿐이다.

나는 평생 외롭게 살아야 할 팔자를 타고 난 것은 아닌지 모르겠다. 잠수안경을 끼고 깊은 바다 속에서 헤엄치는 고기떼를 구경하듯 나는 주변사람들을 두리번거리며 바라보았다.

때론 창문을 마주하고 앉아 창밖의 푸른 잎들을 우두커니 쳐다보기도 했는데 요란한 매미의 울음소리 때문에 내 심장은 방망이질하는 듯했다. 창문을 열고 뛰어나가 이들과 함께 속마음을 나누고 싶었으나 누가 가던 발걸음을 멈추고 내 말을 들어줄까?

어느 한 사람

인간은 직립보행 할 줄 알고 먹고 마실 줄만 아는 동물이 아니다. 빛을 발하면서 어둠에 둘러싸인 자기 주변을 밝게 비춰주는 능력을 가진 사람이다.

모든 생명은 죽으면 그만이지만 사람은 죽어서도 다른 사람들의 마음속에서 살아남을 수 있다.

나는 인간다운 삶을 갈망하고 인간다운 죽음을 맞을 수 있었으면 좋겠다.

나는 이 세상 많고 많은 사람 중 한 사람에 지나지 않는다. 작은 키에 별로 배운 것이 없는 시골 아낙네의 뱃속에서 태어나 중국 남방의 시골에서 나는 곡식과 채소를 먹으면서 자랐다.

누가 나에게 말을 가르치고 사색하게 만들었을까? 또 누가 나로 하여금 소심한 성격과 부끄러움을 떨치고 고향과 가족 그리고 세상을 위해 서슴없이 눈물을 삼키게 했을까?

나는 선량한 어머니의 아들이요, 또한 이 땅의 아들이다. 이 땅을 위해 내 몸 속의 모든 피를 흘릴 수 있고 이 땅을 위해 최선을 다해 노래 부를 수 있다면 얼마나 좋을까. 그것이 바로 나에게 주어진 행복이고 나의 전부가 아니겠는가!

창조

내 발이 너무 크고 신발은 너무 작은 게 아닐까?

내가 사는 집이 너무 작고 내 머리는 너무 큰 게 아닐까?

선조들은 이 땅에 굴러다니는 돌 만큼 많은 기억들을 우리에게 남겨주었다. 그 기억들은 날 것만 같은 내 발걸음을 더디게 한다.

산꼭대기에 올라가 강가의 논밭을 굽어보니 별로 보잘 것 없어 보인다. 그럴 때면 머리를 들어 싸움에 능한 독수리들이 날아다니는 저 하늘을 쳐다본다.

이 땅에는 언제부터 풀들이 자라기 시작했던가? 언제부터 새들이 날아다니고 들소들이 뛰어다녔던가?

이 모든 것은 누가 창조했을까?

창조자가 만들어낸 이들은 또 누구인가?

…

대지는 침묵을 지키고 있고 달도 대답이 없다. 밤은 최면을 건 요람처럼 이튿날 아침 태양이 떠오를 때까지 우리와 함께 한다. 그리고 나와 세상의 모든 것을 흐릿한 꿈속으로부터 깨워준다.

영(炅)은 인간의 머릿속에 깃든 신과 같은 존재이며 하늘과 땅이 만들어낸 가장 기본적인 물질이다. 영은 나에게 처음부터 창조를 다시 시작하라고 한다. 발아래 진흙부터 차근차근 말이다. 모든 것이 벌거숭이가 되어 있고 전혀 가려진 것이 없다.

대화

영혼은 내 마음의 문을 끊임없이 두드린다. 나는 분명히 그 소리를 들었고 그 마음도 충분히 이해가 된다. 다만 조금만 더 기다려줬으면 좋겠다. 조금만 더.

일상생활속의 잡다함을 모두 떨쳐내고 나를 무겁게 하는 내 몸 속의 것들을 조금이라도 덜어내고 싶다. 그런 다음 영혼과 만나 얘기를 나누고 새로운 출발을 하고 싶다. 그렇게 되기까지는 너무 오래 걸리지 않을 것이다. 이제 곧 함께 떠나 세상에서 빠진 것들을 하나씩 채워 넣게 될 것이다.

하늘은 맑게 개고 기온도 상승하고 있다. 이제 이 여름이 다 지나면 나는 내 영혼과 단둘이서 가을바람을 타고 떠날 것이다. 아직도 잠에 빠져있는 영혼들을 깨우기 위해서. 온통 황금빛으로 물든 은행나무와 하늘에서 흩날리는 눈꽃들은 우리를 위해 준비된 것이 아니던가.

사랑만 있으면 온기를 느낄 수 있다. 날카로운 추위도 더는 무섭지 않다. 동굴 속에 은거하는 생명들은 그 어떤 위협도 느끼지 못한다.

따뜻한 배려만 있으면 영혼의 목소리도 들을 수 있다. 이제 더는 고독에 빠져 외로워하거나 희망을 잃어버리는 일 따위는 없을 것이다.

만약…

만약 오래 전인 춘추전국시대에 태어났다면,

만약 사회가 혼란하고 불안했던 청나라에서 태어났다면,

만약 1966년이 아닌 1976년이나 1986년에 태어났다면,

만약 프랑스나 미국, 중동의 이스라엘이나 이라크 그리고 아이티 같은 나라에서 태어났다면,

금수저를 물고 태어났다면,

만약 상해와 같은 대도시에서 태어났다면,

만약 태어날 때부터 아버지가 돌아가셨거나 어머니가 큰 변고를 당하셨다면,

만약 남자가 아닌 여자로 태어났다면,

만약에 …

아직도 만약이란 무한한 전제를 말할 수 있다. 허나 세상에는 만약을 전제로 하는 존재는 없다. 만약이라는 것은 고집스러운 인간들이 흘러가는 세월이 너무도 허무하고 객관적인 현실을 받아들이기 힘들어 만들어낸 구실이다. 허나 이 '만약' 또한 객관적인 결과 중의 하나요, 허무와 진실, 꿈과 현실, 자유와 욕망으로 가득한 마음에서 비롯된 것이다. 나 같은 개체가 지나간 세월을 돌이켜봤을 때 만약은 그 어디에도 존재하지 않는다.

기쁨과 슬픔, 노여움과 쾌락, 총애와 모욕감, 부끄러움과 두려움, 두려움과 당혹감… 어린이와 어른, 성공과 실패, 미와 추, 진실과 가짜, 삶과 죽음… 항상 사람들에게는 세속적인 것이요, 연기로 사라질 것만 같은 존재로 여겨졌지만 확실한 모습을 가지고 세상에 존재하기도 한다. 고집이 강한 나는 항상 이기적인 시각으로 이 모든 것을 이해하고 해석하기 때문에 본래의 모습은 희미해지고 왜곡되어 전달된다. 작은 시골에서 태어난 소년이 대도시에서 산다는 것은 막막하고 고통스러운 일이 아닐 수 없다. 그렇다고 도망가는 것만 빼면 모든 것을 고민하고 하는 일에 몰두하면서 세찬 파도를 헤치고 바다 저편까지 건너갈 것임이 틀림없다.

언제 어디서 태어났든 나는 결국 하나의 작은 생명이다. 다만 내가 가질 수 있었던 것은 삶 속에서 일어난 모든 일과 생명의 빛을 받으면서 깨달았던 것들뿐이다. 나는 세상이란 거대한 그물 속에 있는 하나의 그물눈에 지나지 않았다. 햇빛 아래에서 그 눈으로 또 다른 세상을 바라보니 전부는 아니나, 나와 같은 인간들이 들여다보였다. 나는 이들이 사는 완전한 세상을 알게 되었다. 영원히 존재하던 그러나 그동안 깨졌던 꿈을 다시 하나로 엮을 수 있을 것 같다.

욕망과 고민 그리고 제왕

고민과 슬픔은 동물들의 세계에서도 함께 존재하는 감정이다.

하지만 영원한 고민과 슬픔은 인간만이 느낄 수 있는 감정이다.

왜서일까? 인간은 살기 위해 본능적으로 식욕을 만족시키는 것 외에도 동물들이 가질 수 없는 것들, 즉 욕망을 가지고 있기 때문이다.

욕망은 아주 다양한 방식으로 나타나며 한 순간에 생겨날 수도 있다. 욕망을 현실이 되게 만들려면 행동이 필요하고 신경을 많이 써야 한다. 지어는 평생을 노력해야 할지도 모른다. 욕망은 생기는 순간부터 운명이 정해져 있다. 즉, 욕심과 희망으로 불리며, 그렇지 않으면 평생 동안 이루지 못할 허황한 꿈에 지나지 않는다.

세상 사람들은 수많은 욕심을 가지고 산다. 욕심은 순간적으로 일어나기 때문에 기억하기도 쉽지 않다. 그런 욕심을 어떻게 하면 실현 가능하게 할 수 있을까?

어떤 욕망이든 구름이나 안개처럼 결국은 바람 따라 사라져 버리기 때문에 실현은 불가능하다. 큰 소동을 일으키기도 하는데 결국은 고민이나 슬픔과 같은 불행의 씨앗을 심어놓기도 한다.

옛날 임금들은 아무리 훌륭하고 늠름한 용모를 지녔어도 옆에서 모시는 시중들은 꼭 못 생긴 환관들뿐이다. 그리고 후궁에는 자주 죄악의 종자가 생겨나고 어느 순간 불행한 결과를 낳는다. 그 결과는 권력 승계를 위한 후손들의 투쟁을 통해서 나타나거나 권력쟁탈을 위한 신하들의 싸움 또는 신하들의 후손들끼리 치루는 싸움을 통해서 나타난다. 왜냐하면 제왕의 존재는 제왕 혼자만을 위해서 있는 게 아니기 때문이다.

기묘하고 위대한 꿈

이 우주에는 지구 외에 다른 별들이 얼마나 있을까? 태양계 밖에 다른 항성계가 얼마나 있을까? 태양이 비추지 않는 우주는 또 어떤 모습을 하고 있을까? … 지구는 훼멸될까?

지구에서 현재 살고 있는 지혜로운 생명들은 먼 장래에는 어떤 모습을 하고 있을까?

…

지구에서 사는 사람들은 때론 무리지어 살다가 헤어지기도 하고, 때론 다시 뭉치기를 반복하면서 이 작은 행성에서 부대끼면서 살고 있다. 어쩌면 무리지어 사는 개미와 다를 바 없다. 나는 꿈에서 거인으로 변해 먼 곳에 있는 둥근 빛을 보았다. 창백해 보이는 이 빛은 우리가 그토록 경배하던 태양이다. 그리고 그 빛을 빼면 주위는 온통 컴컴하다. 나는 어디로 가야 할 지 방향을 잃었다. 그런데 우주에 방향이라고 하는 것이 있기나 할까? 어떤 천문학자가 우주의 항성계는 부채모양으로 주변을 향해 끊임없이 팽창하고 있다고 주장했다. 만약 나도 그 주변을 향해 간다면 따라잡을 수 있을까? 이들과 함께 우주의 끝까지 갈 수 있을까? …

꿈에서 깨어나 창밖을 보는데 새들의 울음소리가 들려온다. 방 안이 아주 밝다. 창문 밖에서는 꽃처럼 아름다운 빛이 대지를 밝게 비추고 있었다. 중천에 높이 뜬 태양이 나를 내려다본다.

잠을 설친 나는 두 눈을 비비면서 새로운 아침을 맞이했다. 밖에 나가 문 앞에 난 오솔길을 따라 걷기 시작하다 보면 태양이 얼룩반점을

찍으며 땅 위를 비추는 게 보인다. 나는 햇빛 가득한 땅 위에 서서 주변을 둘러보았다. 이런 경치는 처음이다. 땅에는 푸른 풀과 흙 속에 뿌리를 내리고 자라는 나무, 조용히 서 있는 집, 넓은 들판이 펼쳐져 있고, 그 위에는 푸른 하늘이 있다. 그 사이로 차분한 표정을 한 사람들이 걸어간다. 이들은 천천히 내 앞을 지나간다. 누구 하나 말이 없다. 한 줄기 빛이 동쪽에서 비춰든다. 거기에 태양이라는 불덩어리가 있는데 평소에는 둥근 과자모양 같았지만 지금은 형체를 찾아보기 힘들다.

나는 계속 앞으로 걸었다. 내가 익숙히 알고 있는 곳까지 다다르니 거기에는 돈나무, 오동나무, 우의목, 대나무와 연못이 있고 아침안개에 가려 어렴풋이 보이는 먼 산과 그 밑에 자리 잡은 마을이 보인다.

발자국소리 하나 안 들릴 정도로 주변은 조용하다. 내 발에 밟히는 것은 푹신푹신한 흙길인 것 같다. 이상한 냄새도 전혀 없고 마음만 상쾌하게 하는 맑은 공기가 느껴진다(이것을 두고 대자연의 호흡이라 부르는 게 아닌가 싶다).

익숙한 풍경들은 내 예상을 벗어나지 않았다. 다만 오동나무 두 그루가 다른 나무들보다 성급하게 꽃을 피웠을 뿐이다. 그리고 땅에는 많은 꽃잎들이 떨어져 있었다. 아마도 사나흘 전부터 꽃이 피기 시작했던 것 같다. 전혀 낯설지 않았고 모든 것이 익숙하고 새롭다.

세상이 좋은 쪽으로 흘러가는 것 같다. 자연의 피조물들은 평화롭게 조용히 제자리에 서 있다. 하늘은 높고 햇빛은 눈부시며 나 또한 즐겁다. 되돌아 걸어가다 보니 햇빛이 만들어준 그림자가 내 앞에 그려져 있었다. 내가 뛰면 그림자도 함께 뛰면서 나에게 강렬한 느낌을 전해준다.

창세기에 나오는 첫째 날 아침과 같이 된 것 같다. 푸른 나무들 사이로 햇빛이 쏟아진다. 새들도 맑은 소리로 노래 부르며 산뜻한 공기 속을 가른다.

고향, 아버지 그리고 나

설날이 다가왔다. 일 년에 한 번 씩 오는 설날이 되면 나는 자신이 살고 있던 도시를 떠나 고향으로 돌아간다. 고향은 내가 태어난 곳이고 나를 키워준 곳이다. 고향에는 내 부모와 형제, 그리고 삼촌, 백부와 같은 친척들이 있으며 함께 지내왔던 마을 사람들이 있는가 하면 종가 집에 모신 조상들의 유패도 있다. 설에 고향에 가면 나는 이들을 만난다.

경제발전과 더불어 마을도 점점 새로운 모습을 갖추어 간다. 사회를 거대한 양어장에 비유하면, 물이 흐려지는 순간 고기들이 여기저기 헤엄쳐 다니기도 하고 부동한 깊이에서 노닐게 된다. 도시의 능력 좋은 사람은 큰 고기를 잡고 시골의 재능이 별로인 사람도 작은 물고기나 새우 정도는 잡는다. 하여 시골사람들은 부자라고 부를 수는 없지만 이제 더는 가난하지 않다. 집집마다 이층 건물을 올리고 잘 살고 있다. 사람들이 자주 모였던 옛날 사당은 비바람 속에서 많이 허름해 졌는데 더는 그 필요성을 느끼지 못해서인지 수선도 하지 않은 채 서있다. 얼마 지나지 않아 옆채가 다 무너지고 원채는 불쾌한 표정을 지은 채 고집스럽게 자리를 지킨다. 그것도 기력이 쇠진하고 힘이 빠져 제대로 서있지도 못하고 조금만 건드려도 바로 무너질 것 같았다. 이곳에 살던 사람들은 살길을 찾아 먼 곳으로 자리를 옮겼거나 불행을 당한 후 사방으로 뿔뿔이 흩어졌을 것이다. 내가 이렇게 짐작하는 것은 주변에 이미 새롭게 지은 멋진 집들이 즐비하게 늘어섰기 때문이다.

이러한 변화는 고향사람들이 이제 더는 조상들처럼 이곳에 모여 고

생스럽게 살 필요가 없으며 새로운 삶을 찾아 고향을 떠나고 있음을 말해준다.

부모, 형제, 할머니, 삼촌, 백부… 익숙한 고향의 친절한 목소리가 내 귓전에서 울린다! 누구는 고향을 떠나서 상인이 되고, 누구는 도시에서 직장을 다니며, 누구는 채소를 심어서 도시로 내다 팔고 있다. 이들은 전에는 상상조차 할 수 없을 만큼 큰돈을 벌었다. 이들은 같이 모이면 농사를 지어서는 신세를 고칠 수 없다고 입을 모은다.

순간 나는 엄청 그리워했고 동경했던 고향마을(내 고향은 전동(田垌)이라 불렀다) 사람들이 이젠 돈 밖에 모르는 추한 사람들로 느껴졌다. 어떻게 우리에게 행복과 재물을 안겨주는 이 땅을 저주할 수 있단 말인가?

행복과 재부는 요즘 새롭게 해석된다. 도시의 공입진척과 더불어 불도저의 캐터필러처럼 원래의 정의를 평평하게 해 놓고 다시 나름대로의 정의를 내렸다.

작은 마을과 이 마을에서 사는 사람들은 경제 발전의 거친 파도 속에서 도망칠 수 없는 작은 물방울에 지나지 않는다. 이들은 행복을 위해, 그리고 재부를 위해 자리를 옮기는 수밖에 없다.

나는 오히려 그 반대방향으로 향한다. 매끄러운 미꾸라지처럼 으슥한 시골에 기어들었다. 나는 가난하게 변했고, 고향사람들은 그런 나를 놀란 눈길로 바라보면서 한숨을 쉰다. 이러는 나를 고향사람들은 낯설어 했고 받아들이기 힘들어 했다.

나는 누구인가? 내 자신을 무엇이라고 정의하면 좋을까? 나는 자신을 책 쓰는 사람이라고 정의를 내렸다.

작가, 만약 누가 나를 이렇게 부른다면 고향 사람들은 고개를 갸우뚱할 것이다. 그러면서 호기심에 찬 표정으로 물어볼 것이다. "작가는 뭐하는 사람이야?"

만약 작가를 책 쓰는 사람이라고 해석한다면 사람들은 또 한 번 탄식하고 말 것이다. "책을 쓴다는 게 뭐야? 그 일을 해서 돈을 벌 수 있어?"

나는 더 설명할 용기도 방법도 없다.

고향 사람들 중에는 학교를 다닌 사람들도 더러 있다. 하지만 이들은 절대로 자기들이 읽는 책이 어디서 왔는지에 대해 생각해본 적이 없었을 것이다. 혹시 책 쓰는 것을 직업으로 하는 사람이 있다는 것을 알고 있을지도 모른다. 하지만 이들은 그건 아주 옛날에나 있을 법한 일이라고 여길 것이고 자신들과는 전혀 상관 없는 먼 곳에서 발생한 일 정도로만 생각하고 있었을 것이다. 자기 앞에 불쑥 글 쓰는 사람이 나타날 거라고는 전혀 상상도 못했을 것이다. 설사 이 직업에 대해 알고 있었다고 해도 '왜 군이 책 쓰는 일이야? 돈도 안 되는데.'라고 의혹의 눈길을 보냈을 것이다.

어쨌거나 현실은 바뀌지 않는다. 나는 원래 이들 중의 한 명이었고, 이 마을에서 나서 자랐다. 가끔 고향 사람들이 이제 더는 먹고 사는 일

때문에 걱정할 필요가 없다는 것을 생각하면 기쁜 나머지 이들과 얘기도 나누고 싶다. 하지만 지금까지 그 기회를 찾지 못하고 있다.

나는 고향과 고향사람들을 배신할 생각이 전혀 없다. 그리고 이들이 나를 받아들이지 않을 거라고 믿지 않았다. 제사지낼 물건들을 가득 지고 아버지를 따라 조상 위패가 모셔진 사당에 가서 향을 피우고 지전을 태우며 복을 기원하면서도 여전히 말할 기회를 찾지 못했다.

나는 충성심이 많은 상갓집 개처럼 철저히 변해버린 고향마을에서 고개를 숙이고 배회하면서 자신의 과거와 미래에 대해 생각해 보았다.

아버지의 피가 내 몸 속에서 계속 흐른다. 아버지는 나를 딴 사람 취급하듯 했으나 뭔가 느끼시는 것 같았다. 당혹스러워하시며 노쇠한 눈으로 나를 쳐다보셨다. 색 바래고 늙어빠진 암탉이 칭찬과 불안감을 한 몸에 받아 안은 독수리를 쳐다보듯 말이다.

내면세계

세상은 동일한 시스템과 규칙 그리고 같은 시간에 따라 움직인다. 그렇지 않으면 세상은 바로 어지러워질 것이다.

세상은 유형과 무형의 요소들로 구성되었다. 유형의 요소들은 도처에서 볼 수 있기 때문에 성인이든 평민이든 눈에 잘 보일 것이다. 무형의 요소들은 그렇게 쉽게 나타나지 않는다. 신비한 힘이나 무형의 손에 의해 좌우되는데 잘난 척 하는 이들과 건방지고 무지한 이들까지도 그 손에서 벗어나지 못한다.

우리가 가장 쉽게 느낄 수 있는 무형의 요소들은 사람들이 세상의 틈새에 끼여서 살길을 찾아 헤매면서 다른 것에는 전혀 신경을 쓰지 못하고 있는 것이다.

때론 내가 겪고 있는 고민과 외로움이 자신의 생각 때문이 아니라는 생각이 든다. 오히려 껍데기를 벗어버린 벌레처럼 주위의 어둠과 미지의 함정 때문에 생긴 것이라고 생각하니 안절부절 할 수 없다. 조금이라도 빛을 볼 수 있다면 나는 미친 듯이 기쁠 것이고 자신감도 배로 늘 것이다. 이것이 바로 혼자만 알고 있는 내 마음속 세상이다. 사실 세상은 별로 변한 것이 없다. 변한 것은 나뿐이었다.

이런 모습과 이러한 변화는 내가 세상에 공개하기 전까지는 나 자신에게만 속해 있었다. 하지만 그 외에 왜 세상에는 속하지 않을까 그리고 다른 생명에게는 속하지는 않을까 생각해 보았지만 전혀 판단을 내릴 수 없었다.

우리는 모두 같은 시간에 같은 세상에서 살고 있다. 생기로 넘치는 생명들이 어찌 내가 아는 한 가지 방법으로만 살 수 있겠는가? 나는 새삼스럽게 자신의 또 다른 모습을 발견하고는 외로운 느낌이 밀려드는 것을 감출 수 없었다.

그렇다면 이 세상을 어떻게 살아야 할까?

피할 수 없다면 받아들여야 하는 게 운명인가 보다. 자신만의 삶 속에서 고통을 견디고 기쁨을 느끼게 되는데 그것이 바로 자아생존법이다. 또한 마음속 깊은 곳에 있는 것들이 넓고 끝이 보이지 않는 시간과 공간의 긴밀한 연계 속에서 관계를 맺고 있다고 생각하니 마음속의 짐을 내려놓을 수 있었고 외롭거나 쓸쓸함을 그다지 느끼지 못했다.

원초적인 것과 명상

이 세상에서 원시인들은 영원한 중생(重生)을 얻게 된다. 음악, 무용, 시와 노래, 조형예술(회화, 조각, 건축) 등 모든 예술형식은 원시인류에 의해 창조되었다. 원시인들은 제사, 전쟁, 축제, 사악함을 쫓는 의식 등 생활 속에서 이런 예술형식을 창조하였다. 원시인들에게 있어서 제일 중요한 것은 생존이었다. 현대인들이 말하는 '예술의 씨앗'은 단지 원시인들이 감정을 표현하고 생존을 하기 위한 수단에 불과하였다.

인류 문명이 고도로 발달한 지금, 인간은 기술을 장악한 동물이 되어버렸으며 인간생활은 이로 인해 산산조각이 났다. 오랜 예술형식은 이미 쇠락했고 세월이라는 벌레가 그 내부를 다 갉아먹은 듯 했다. 이제 빈껍데기만 남았다.

현대인들이 만약 퇴화를 거부하거나 기술의 팽창으로 인한 문명이 퇴화를 막고 비뚤어지고 왜곡된 문명을 바로잡으려면 인간의 몸속에 잠재해 있는 살아있거나 생명을 가진 모든 예술적인 것을 깨워야 할 것이며 열심히 키워야 할 것이다. 이것이 바로 오늘날의 예술이라고 할 수 있다.

실제로 현대인들은 인류의 문명이 발전해 오는 과정에서 어떤 공헌을 하였는가? 답은 '없다'이다. 다만 생존방식과 환경만 달라졌을 뿐이다. 인간은 여전히 지혜를 가지고 있고 태양도 의연히 대지를 비추고 있다. 그렇다고 무조건 지혜의 나무에 싹이 트고 성장하여 꽃이 필 수 있을까? 또한 열매가 열릴 수 있을까?

조상이 남겨준 계시대로 지혜에 대한 원만한 결말을 얻기 위해 자신의 목과 발, 몸뚱이와 글 솜씨, 타고난 지혜를 이용하여 변화발전을 거듭하는 이 세상에서 새로운 악장을 열고, 무용과 조형예술을 창조하며, 아름다운 노래를 읊조려야 할 것이다. 이렇게 문명은 자신의 안식처를 찾게 되며, 고대와 현대의 계선이 없어지고 자아와 타자의 구별이 없어지며 두려움과 슬픔도 없어질 것이다. 그렇게 되는 순간 즐겁게 춤을 추고 노래를 부르며 문명이 가져다주는 환락을 노래할 것이다!

모든 것이 되살아날 것이고 우리는 빛에 의해 부화된 신으로 거듭날 것이다.

나에게 한 말

생명은 무엇이고, 진리는 무엇이며, 인생 또한 무엇인가? … 이러한 질문들은 얼핏 보기에 너무나도 추상적이고 빈말 같아 보이지만 결코 그렇지 않다. 회억할 수 있는 능력이 없고 상상력이 없는 인간들한테는 이러한 개념들이 그다지 중요한 것이 아니기 때문에 소귀에 경 읽는 격이 되고 만다.

모든 사물은 추상적이고 난해하다. 모든 숭고함과 위대함은 실질적이고 평범하며 구체적이다. 진리 또는 참뜻이라고 하는 것들은 그냥 내뱉은 말이 아니다.

사람마다 같은 사물에 대한 이해와 견해가 부동하다. 허나 사람은 모두 같은 행성에 살고 있고 같은 땅을 밟고 있으며 머리 위에는 하나의 태양을 이고 살고 있기 때문에 서로 통하는 무언가가 있기 마련이다. 삶이란 바로 조물주가 지구에서 인간이 살아갈 수 있도록 부여한 몇 십 년간의 시간에 불과하다.

이 속에서 살아가는 일원으로서 신(神)이나 삶은 나의 몸속에 은밀히 숨어있던 신경을 깨워주는 순간 나에게 의견을 발표하게 한다. 어쩔 수 없이 의견을 말해야 할 것이고 문제될 것이 전혀 없다. 그것은 마치 파도가 암석에 부딪쳐 거대한 소리를 내거나 새들이 봄을 알리기 위해 계절에 순응하는 것과 같은 도리이다.

어쩌면 나 역시 이 세상에서 같은 운명을 짊어지고 가는 것일지도 모른다. 비옥한 땅에서 나서 자라 꽃을 활짝 피우는 진귀한 화초들처럼 말이다. 설사 그 땅에서 더럽고 고약한 냄새가 날지라도.

시처럼 낭만적인 인생

　인간이라는 개체를 하나씩 나누어 보면 개개인의 삶은 따분하기 그지없고 특별히 눈에 띄는 것도 없을 것이다. 하지만 왜 혼자살기를 원하고 더불어 살기 싫어하는지에 대해 물어본다면 조금은 재미있는 답이 나올 것이다. 그리고 개인이 아닌 부족이나 촌락사람들 전체에 왜 어떤 방식은 선택하고 어떤 방식은 거부하는지에 대해 묻는다면 대답은 한층 더 의미가 커질 것이다. 계속하여 인간이 왜 지구에서 살며 인류는 어디서 왔고 어떻게 살아가며 미래는 어떤 것일까를 물어본다면, 그리고 인류와 다른 생물, 산과 하천의 관계에 대해 물어본다면 어떤 답이 나올까?

　개개인으로 나누어볼 때 인간은 서로 비슷하거나 다르다는 평가를 내릴 수 있으나 인류전체를 보면 다 같은 처지에 처해있다고 할 수 있다. 이들은 눈앞에 보이는 관목가지에 둥지를 트는 개미무리처럼 지구라는 행성에 깊이 뿌리내리고 살고 있다.

　인간 개인은 영원히 존재하지 못한다. 삶과 죽음은 쌍둥이형제와도 같이 항상 함께 하기 때문이다. 생명이란 보이지 않는 곳에 숨어있는 요정과도 같아서 바다 옆에 높이 솟아있는 꼭대기가 평평한 산을 만나면 즐거운 나머지 가던 걸음을 멈추고 꼭대기를 무대삼아 춤추고 노래 부르다가 조용히 사라져버린다. 하지만 개체의 생명이 인류의 생명으로 승화했을 경우에는 영원히 지속되는 생명체로 바뀐다. 세상이라는 큰 무대에서 배우들은 끊임없이 서로 역할을 바꾸면서 훌륭한 공연을 선사한다. 모든 인간은 배우가 되어 무대 위에서 공연한다. 가끔씩 관객 몇몇이 나타나는데 그들은 구경할 줄만 알았지 그 속에 감춰진 오묘함은 모른다. 잠깐 뒤돌아보면 자신의 모습을 자세히 관찰할 수 있다.

실제로 인간이 자신의 얼굴이나 뒷모습을 직접 보기는 쉽지 않다. 그러나 단 한 번이라도 보게 되는 순간 우리는 뭔가를 발견할 수 있게 된다. 이것이 바로 생존과 관련된 내용일 것이다.

인간은 돼지나 식물처럼 생명을 유지하는 것을 목적으로 살기도 하지만 동식물에게는 있을 수 없는 정신세계를 가지고 있다. 그리고 영혼(灵)과 관계된 노래도 부를 줄 안다. 조상들로부터 배운 것이다.

하늘은 파랗고,
들판은 끝없다.
바람이 불면서 풀들이 움직이면 그 사이로 소와 양떼가
보인다.
...

〈홍루몽〉의 꿈의 유래

〈홍루몽〉이 나오기 전에도 중국에는 분명히 문자가 있었고 문학이 있었으며 희곡이 있었을 것이다. 그리고 〈홍루몽〉이 창작된 후에도 이런 것은 계속 존재해 왔었다. 소설이나 희곡작품이 몇 편이든 관계없다. 나처럼 흙에서 태어난 생명들이 빛을 발할 수 있는 방법은 없을까?

조상들이 말하는 생명의 빛은 내가 생각한 것과는 완전히 다르다.

삼강오륜을 미덕으로 삼고, 밖에서는 나라에 충성하고 집에서는 부모님과 조상님께 효도한다. 성실하게 밭 갈고, 농사지으며 집안의 생계를 책임지고, 후대번식과 종족의 유지를 사명으로 하며, 조상을 빛내고 가문을 유지하기만 바란다.

이렇게 〈홍루몽〉은 생명의 빛이 제한적이었던 시대에 고정된 율법을 깨뜨렸기 때문에 나중에 파멸될 수밖에 없었고 일장춘몽에 그치고 말았다.

만약 현대사회라면 전혀 문제될 것이 없다. 너무 당연한 일이기 때문이다. 허나 〈홍루몽〉의 주인공들은 꿈속에서까지도 문제해결이 불가능하였다. 부유한 귀족집안에서 태어났어도 마찬가지였다. 그 시대에는 세상 어디에도 이들의 사랑을 용납할 수 있는 곳은 없었다. 이들에게 기회를 주는 순간 전반 사회가 뒤집힐 수 있었기 때문이다.

이들의 꿈이 파멸되었다는 것은 당시의 사랑이 자유롭지 못했으며, 감정을 전제로 한 혼인이 아니라 이익에 따른 것이었음을 말해준다.

그렇다면 감정은 무엇인가?

현대말로 설명하면, 남녀 사이의 육체적 욕망과 소통이 가능한 마음으로 느끼는 호감과 그로 인한 즐거움으로 나눌 수 있다. 후자의 경우에는 개성, 성정, 품격 등 개인이 구비한 본질적인 특징을 바탕으로 한다. 이런 감정만이 안정적이고 영원할 수 있다. 그렇지 않으면 이상한 눈길로 색안경을 끼고 사람을 평가하게 되며 상대방의 내적인 아름다움보다는 외적인 것에 관심을 가지게 되기 때문에 진실성이 없다. 이런 거짓된 감정은 쉽게 느끼거나 찾아볼 수 있다. 하지만 심령의 아름다움을 벗어난 것이기 때문에 결코 아름답지 않다.

그렇다면 감정을 전제로 하는 혼인은 사회적인 보호 장치가 전혀 필요 없는 것일까? 이 문제는 나중에 다시 논의하기로 하고 생략한다. 우리에게 자유연애가 가능하다는 것은 이 사회가 전통적인 구시대가 아님을 말해준다. 사회는 사람들이 감정을 느낄 수 있는 공간이다. 청나라라는 특정된 사회, 특히 홍루몽의 저자 조설근(曹雪芹)이 살았던 사회에서는 감정을 느끼고 자유롭게 연애를 한다는 것이 불가능했다. 그렇다고 그 시대에 조설근 혼자만이 자유연애를 지향하고 꿈꾼 것이 아니라 그에 의해 처음으로 작품화되었던 것이다.

그 뒤로 많은 세월이 흘렀고, 수많은 사람들이 이 세상에서 살다가 갔다. 그들의 육체는 흙먼지가 되어 자연 속으로 되돌아갔고 영혼은 자기가 처음 왔던 서쪽 세상으로 돌아갔다. 그들의 이름과 모습은 이 세상 어디에도 남아있지 않았다. 허나 조설근의 〈홍루몽〉은 우리에게 그 시절 많은 사람들이 꿈꿔왔던 자유연애에 대한 지향을 보여주었고, 작품 속 인물들은 시간이 흘렀어도 자신들의 모습을 그대로 잘 보여주고 있다. 세상에 이름을 남길 수 있는 사람이 누가 황제뿐이라고 했던가!

벼슬과 부귀영화를 위해 글 쓰는 법을 공부하던 시대에 공명을 위함이 아닌 꿈꾸던 자유연애를 다룬 〈홍루몽〉과 같은 작품을 창작한 선비가 있었다면 당시 사람들은 아마 전혀 이해하지 못했을 것이다. 이런 글을 쓴다고 해서 배고픔을 덜 수 있는것도 아니고, 공명을 얻을 수 있는 것도 아니었다면 무엇 때문이었을까? 답은 두 가지다.

하나는 저자가 미쳤다.

다른 하나는 핍박에 의한 것인데, 그 핍박은 본인이 생명을 다 바쳐도 전혀 아깝지 않다고 느낄 만큼 소중한 것이었을 것이다.

이 중에 첫 번째 이유는 성립되지 않는다. 왜냐하면 예나 지금이나 미친 사람은 엄밀하고 논리적인 사고를 할 수 없기 때문에 이런 작품을 창작한다는 것은 전혀 불가능한 일이다. 그렇다면 두 번째 경우인데, 말하자면 저자를 미혹시킬 만한 이유가 충분하고, 생명을 포함한 자신의 모든 것을 다 바쳐도 아깝지 않다고 생각할 만큼 소중한 것을 위해서 했을 것이다.

그 어떤 역사적 기록이나 예언서에도 인간의 감정과 민중의 아픔을 대신해서 기록한 흔적은 찾아볼 수 없다. 하지만 청나라 중기를 살았던 조설근에 의해 전통이 깨졌다. 그는 칠흑 같은 어두움 속에서 울부짖었다. 아무런 울림도 없이 끝날 수도 있었고, 절망에 찬 울부짖음에 지나지 않을 수도 있었다. 하지만 저자는 자신의 가슴에 맺힌 아픔과 사랑을 사람들이 보통 쓰는 쉬운 말로 표현하였다. 작품을 완성하고 저자는 큰 상도 경제적 보상도 못 받았다.

사람은 세상에서 홀로 존재하지 않는다. 현대를 살고 있는 사람이 과거로 되돌아 갈 수도 없다. 만약 우리가 인간을 끊임없이 연결되는 생명과정으로 보지 않고, 역사를 사건이 밀접히 연결된 과정으로 보지 않으며, 한 인물의 사건사고와 인류문명의 성과를 인간사회의 변화발전 과정으로 이해하지 않는다면 과거나 미래를 막론하고 역사적 인물이나 문명의 성과는 존재하지 않을 것이다. 그러니 어찌 깨우침과 깊은 의미를 논할 수 있겠는가? 그렇게 되면 삶의 터전인 이 땅도 어디론가 떠나버리고 없어졌을 것이다.

조설근의 삶과 그가 지은 〈홍루몽〉의 꿈은 자유로운 감정의 이정표처럼 이 땅에 우뚝 솟았다. 후손들은 이를 통해 많은 깨우침을 얻었다. 그리고 현대사회를 사는 우리는 더 합리적이고 더 아름다우며 더 인성에 맞는 삶을 살 수 있게 되었다. 우리의 삶의 현실이 이미 과거에 비해 완전히 달라졌기 때문이다. 취약한 꿈의 파멸이 우리의 신념을 더욱 확고하게 해 주었다. 대관원을 복원한 것은 우리가 조상들의 고독을 느끼고 함께 슬퍼할 수 있게 하기 위한 것이다.

자유로운 사랑이 있다고 해서 모든 문제가 스스로 해결되는 것은 아니다. 자유가 있건 말건 많은 일들이 우리를 괴롭힌다. 만약 해결을 보지 못하면 많은 사람들이 고민에 빠지고 견디기 힘들어 할 것이다. 이런 고통은 시대를 뛰어넘어 가히 조설근이 느꼈던 것과 비할 수 있을 만큼 심한 것이었다.

〈홍루몽〉의 꿈과 비슷한 일들이 현실에서는 생기지 않을까? 생긴다면 얼마나 많이 생길까? 언제면 이런 고민들이 세상에서 없어질까? 부질없는 생각을 해 보기도 한다.

조설근은 필을 들어 죽을 때까지 독립적인 삶의 궤적들을 끊임없이 그렸다. 삶에서 죽음에 이르기까지, 시작에서부터 끝에 이르기까지 그리고 또 그렸다. 때문에 우리는 지금 자신의 영혼과 사랑에 대해 보다 깊은 이해를 할 수 있게 되었다. 물질세계는 영원히 물질로만 구성되어 있기에 마술이라도 부리듯 수많은 모양으로 변화시킬 수 있으나 사람은 단 한 가지 모양으로만 존재할 수 있다. 이는 굳이 증명할 필요도 없는 사실이다. 하나님이 인간을 만들 때부터 다른 사물과는 분명히 구별해서 만들었다고 하니 더 말할 것이 있겠는가.

지구는 자기 궤도를 벗어나지는 않을까? 태양은 어느 순간 불길이 완전히 사그라지지 않을까? 이에 대해 정확히 시간을 계산할 능력은 없다. 하지만 자신의 마음과 그 속에 충만한 행복에 대한 갈망은 충분히 기록할 수 있다. 그렇기 때문에 우리는 외롭게 떠도는 영혼이 아닌 진정한 사랑을 느끼고 살 수 있다. 그렇게만 된다면 육체가 죽어 없어져도 영혼의 빛은 영원히 남아있을 것이다.

문학본체론

문학의 경계와 개념에 대한 정의는 여러 가지다. 우리는 문학을 〈인간학〉, 〈도리를 설명하기 위한 글〉 또는 〈고뇌의 상징〉이라고 달리 부른다.

점심에 밖에서 물을 길어올 때까지만 해도 창밖의 가을빛은 그다지 짙지 않았다. 다만 날씨가 조금 서늘해졌을 뿐이다. 그러나 어느새 잡초들이 시들어버린 것을 보니 왕성한 생명력을 자랑하던 여름이 서서히 사라져 가고 있음을 감지할 수 있었다. 올해는 여름이라는 계절과 자세한 이야기를 나누기는 그른 것 같다… 나는 계절과 교류하기를 아주 좋아한다! 내가 지은 짧은 시와 간단한 문장, 다양한 종류의 글들은 내 주변에 존재하는 사물들과의 대화 속에서 만들어졌다.

문학이란 곧 작가가 주변의 사물과 대화를 하는 과정에서 기록한 결과물이 아니겠는가?

대자연과의 대화,
부모 형제와의 대화,
친구, 적, 낯선 이들과의 대화,
아득히 먼 미지의 세계와의 대화,
자기와의 대화, 자기 영혼과의 대화!

그렇다. 문학은 소통과정이며 교류의 매체인 것이다! 고독을 초월한 이별의 아픔이 있는, 무력한 자아가 느끼는 갈망이다! 문학은 순간적이고 일시적이며 추악한 것을 초월하고 새로운 것을 지향하는 갈망이다!

작가가 필을 드는 순간, 영혼은 자신과 분리되면서 다른 각도에서 세상의 모든 것(자신 포함)을 객체로 삼아 대화를 나누고 친밀한 관계를 유지한다. 작품은 바로 이러한 대화를 기록한 것이라고 할 수 있다.

마음의 소리

하늘은 이미 어두워졌다. 어두운 밤은 우리를 고요한 시간이 흐르는 항구로 데려왔다. 이 참에 잠시 쉴 수 있었고 파도와 함께 좋은 꿈을 꿀 수도 있게 되었다.

고요한 순간이 다가올수록 죽음에 대한 공포감도 커진다. 나는 개구리 우는 소리, 바람이 부는 소리, 그리고 나뭇잎이 바람에 흔들리는 소리에 이어 내 심장이 뛰는 소리까지 들었다. 낮에는 들을 수 없는 소리들을 듣는 순간 나에게서 죽음에 대한 공포는 사라진다. 물론 내 육체는 시간이 흐르면 쓰러질 것이고 사람들의 시선에서 사라져버릴 것이다. 그리고 땅 속에 묻히거나 불에 타서 없어질 것이다. 하지만 내가 없어진다고 해서 이 세상이 더 좋아지거나 나빠지거나 하지는 않는다. 인간세상은 그대로 완정하게 존재할 것이며 약간의 흠집이 난다고 해도 누군가에 의해 바로 복원될 것이다. 이걸 안다는 것은 얼마나 행복한 일인가!

홀로 세상에 태어나서 어쩔 수 없이 홀로 저 세상으로 갈 것을 생각하니 마음에 불안이 밀려온다. 그리고 죄책감이 몰려든다. 벌거벗은 채로 이 세상에 와서 또 다시 한 마리 물고기처럼 "풍덩"하고 꼬리 저으며 왔던 곳으로 돌아가다니?

괴로움, 기쁨, 우울함, 즐거움 … 세상은 늘 이런 것으로 나를 유혹하고 나 또한 진실한 세상을 보여주지 않았던가?

허나 어쩔 수 없이 떠나야 할 것이다. 마치 어두운 밤이라도 약속시간을 지켜야 하듯 말이다. 이튿날이면 태양은 어김없이 떠오른다. 그

리고 새로운 인간들도 탄생할 것이다. 태양이 영원히 꺼지지 않는 불인 것처럼 인간도 끊임없이 번식을 이어가면서 영원히 존재할 것이다. 나는 이 연속되는 생명의 라인 속에 존재하는 작은 고리다. 그리고 다른 인간들과 함께 영원한 생명을 만들어 간다. 다른 사람들이 있기 때문에 내가 존재할 수 있고 내가 존재해야 되는 이유 또한 이와 마찬가지다.

그러니 고통도 하늘에서 떨어진 혼자만의 것이 아니며, 희망 역시 개인의 소유물이 아니기에 이 모든 것을 다른 사람들과 충분히 공유해야 할 것이다.

정산

밤이 깊었다. 자야 할 시간이다. 가게들도 하루 장사를 끝내고 소득 결산을 한다. 세월은 어떻게 생겼고 어떤 방식으로 흘러갈까? 창 밖에 보이는 하늘이 밝아졌다 어두워지고, 어두웠다가 다시 밝아지는 것인가? 아니면 하루가 다르게 인생의 길에서 머리 숙이고 외롭게 슬픔을 가지고 다니는 것인가? 처음부터 시간은 없었다. 시간이란 우리가 생사의 변화를 보면서 느낀 것일 뿐이다.

우리처럼 속세에서 사는 나그네들은 왜 이런 것 때문에 답답해하는가? 배고픔에 시달리던 거지가 끼니를 걱정하고 밤이 되기 전에 묵어갈 자리를 찾지 못해 비틀거리며 방황하듯 말이다.

우리가 헤매고, 주저하고, 어디에 속해야 할지를 모르는 것은 이 속세에 영혼을 부여했기 때문이다. 우리는 영혼과 어떻게 지내야 할지도 몰랐고, 내 육체가 다하는 날까지 영혼과 한 몸이 되어 있는 줄 모르고 있었기 때문이다.

영혼은 가끔 내 꿈에서 얼굴이 변하는 불사조가 되어 나타난다. 기뻐서 노래 부르고, 낮은 소리로 신음하며, 구슬프게 울기도 하고, 비장한 표정을 짓기도 한다. 아무리 불러도 대답하지 않고 아무리 덮쳐도 잡을 수 없는 새가 되어서 말이다.

정말 영혼이 불사조가 될 수 있다면 멀리 가지 말고 고독의 나무에 머물거라. 새소리 듣지 못하는 나는 외롭기 그지없다. 다만 몸과 그림자가 하나가 되어 서로를 위로해 주고 있을 뿐이다.

최고의 존재에 대한 생각

우리 주위에는 혼잡하고 뒤엉켜 있는 관념, 욕망, 유혹, 함정 등이 아주 많다. 그리고 인생에 도움이 될 수 있는 고상하고 엄밀한, 그러면서도 자기들끼리는 서로 모순되는 개념들로 이뤄진 철학사상도 많이 존재한다. 인간사회는 벌써 20세기 말에 접어들면서 과학기술의 급속한 발전과 더불어 우리의 삶에 더 많이 관여하고, 우리에게 보다 넓은 사유공간을 제공해 주었다.

그렇다고 세상이 많이 행복해진 것만은 아니다. 과학기술은 근본적으로 물질을 창조하고 이용한다. 인생의 행복은 물질로만 구성된 것이 아니라 개개인이 가지고 있는 지혜에 의해 결정된다. 그러니 엄청나게 큰 물질적 생존공간만 가지고 인간이 어떻게 진정한 지혜를 얻을 수 있으며, 자신의 삶을 살 수 있겠는가. 옛 성현들은 물질문명이 많이 낙후한 시대를 살았어도 속세의 시끄러움이 싫어 이를 피했다고 하는데 지금처럼 물질이 넘치는 시대를 살아가는 심령이 착한 사람들은 어떻게 살아야 할까?

루소가 쓴 자연종교에 대한 논술을 읽고 나면 저도 모르게 마음이 탁 트이면서 시원해지는 느낌이 든다.

철학 또는 종교적인 내용이 다분한 철학이나 완전한 종교는 사람들에게 속세를 버리고 깨끗한 천국에 갈 것을 권장한다. 이를 동경하게 만들고 이를 위해 끊임없이 수련할 것을 권한다. 그런데 이들이 시키는 대로 가다보면 종교에 과열하거나 극단적으로 변하는 경우를 종종 보게 된다. 이는 종교나 철학의 순수한 주장과는 위배되는 것이다. 인간은 피와 살을 가진 물질적인 존재이다. 때문에 물질이 없어진다면 세상은 존재의 의미가 없어질 것이고 신 또한 존재하지 않을 지도 모른다. 형이상학을 숭상하는 철학가나 종교지도자들은 이 전제를 의식하지 못하기 때문에 인간이 세상에서 물질적인 삶을 포기하는 것이 아주 쉽다고 생각한다. 그리고 인간과 삶에 대해 포기하고 우습게 여기게 만든다. 물질에 대한 포기를 전제로 하는 신앙은 경건하고 정성스럽게 종교나 철학을 신봉했던 사람들이 처음부터 바랐던 것이 아니었다.

이에 비하면 자연이라는 종교는 물질에 대한 포기를 너무 고집하지 않는다. 이 종교는 생각에 관한 원시적 자료를 영구보존하며, 사람들로 하여금 억지스러운 상상을 피하게 한다. 자연에서 비롯된 종교이기 때문에 자연만물의 변화에 따라 부단히 변하면서 최고의 존재인 조물주까지 논할 수 있기 때문이다. 이 조물주는 우리가 일반 종교에서 말하는 하나님으로 생각해서는 안 된다. 다만 사물에 이름을 붙이는 의미에서 붙여진 이름에 불과하며, 여기서는 자연법칙 또는 자연의 지혜라고 부르고자 한다.

하늘은 왜 이 땅에 비를 내리고 나뭇잎은 왜 푸르렀다 누르며, 누렇다가 다시 푸르러지는 걸까? 다른 동물은 왜 인간으로 진화되지 못할까? 사람은 왜 이렇게 정교하게 만들어졌을까? 지구는 왜 태양과 적당한 거리를 유지하면서 모든 생명들이 그 위에서 태어나게 할까? … 모든 현상은 필연적이고 무상한 법칙을 가지고 있다. 이 법칙은 인간이 만들어낸 것이 아니라 자연 속에서 처음부터 존재하고 있었다. 어디서 시작되었고 그 끝은 어딘지 누구도 모른다. 우리는 이런 법칙을 무상의 힘을 가진 존재라고 부른다.

인간은 왜 무리를 지어 살고 있을까? 어떻게 하면 아무런 유감없이 자신의 삶을 잘 살 수 있을까? 어떻게 하면 평안하게 죽을 수 있으며 죽을 때 아무런 후회도 없을까? 이는 인간이 물질로만 구성된 존재가 아니라 느낌이 있고 정감이 있으며 지능을 가진 생명체이기 때문이다.

아무리 고급스럽게 만들어진 생명체라고 해도 자연 앞에서는 한그루의 나무나 풀처럼 삶과 죽음이라는 자연의 법칙을 벗어나지 못한다. 때문에 인간의 일방적인 억지상상과 망상 그리고 저항은 다 헛된 것이며 자연법칙에 순응해야만 최고의 삶을 누릴 수 있고 평안과 행복을 얻을 수 있다.

이러한 경지에 도달하려면 인간에 대한 정확한 인식이 필요하다. 이성적인 인식과 탐구가 가능할 때만이 자신에 대한 인식을 가장 중요하게 여길 수 있다. 왜냐하면 인간은 자신보다는 타인, 그리고 자기 밖에 있는 사물에 관심을 더 가지기 때문이다. 자신에 대한 인식이 우선시되어야 삶과 배움이 가능하게 되고 사회생활을 함에 있어서 정확한 이해가 있을 수 있으며 삶과 죽음을 비롯한 당면한 문제들에 대해 제대로 된 생각을 가질 수 있다.

이렇게 되어야만 인간이 가지고 있는 완벽한 자연법칙의 존재를 느낄 수 있으며, 어릴 때는 무식하다가도 자라면서 생각하게 되고 성숙하면 행동에 옮길 수 있으며 늙어서는 하늘의 뜻에 순응하면서 자신에게 주어진 삶을 유감없이 살 수 있다.

사람은 의문을 가지고 사유하게 되며 자기 주변의 존재나 정신세계에 대한 탐구를 멈추지 않는다. 그렇게 자신을 알아가게 되고 작지만 진실한 자아와 자연의 섭리를 이해한다.

이렇게 깊은 사고를 거쳐 얻은 신념에 편견이나 적대감 그리고 맹목적인 숭배와 같은 편협한 사상이 포함될 수 있을까?

나는 아니라고 믿는다. 솔직하고 성실하며 공정하고 인자한 착한 심령은 세상만물을 최고로 하는 고상하고 선량한 마음을 가지고 있기에 지속적으로 유지되며 생명에 대한 감동을 느낄 수 있다.

마음

벌써 7월 중순이다. 이맘때면 여름방학을 하게 된다.

가끔 2년 전에 써놓았던 편지들을 꺼내 다시 읽어본다. 편지를 읽으면서 항상 드는 생각인데 지금까지 지나온 세월은 콘크리트로 만들어진 일급 도로와 같았고 나는 그 위를 달리면서 점점 성숙해지고 세상물정도 알게 된 것 같다. 그리고 그러는 사이에 자신이 다른 모습으로 변해있음을 발견하게 된다. 도로 위를 떠돌던 외로운 영혼들이 음침한 눈길로 나를 쳐다보는데 부릅뜬 눈들은 내 골수까지 파고 들어오는 것 같다. 이런 변화가 좋고 나쁜지, 그리고 내가 이렇게 변해야 하는지 아니면 원래대로 있어야 하는지도 잘 알지 못한다. 다만 삶은 제멋대로 조종할 수 있는 것이 아님은 분명한 것 같다. 발아래나 주변에 있는 사물들, 우리와 관련을 가지고 있는 사건들은 아무리 사전에 설정을 잘해 놓았어도 쓸데없다. 저도 모르는 사이에 이미 정해놓은 자연의 법칙대로 흘러간다.

나는 외로운 존재가 아니다. 그것은 나의 친척, 친구, 이웃, 그리고 자연스럽게 이뤄진 모든 것들이 나를 그렇게 만들었다. 어떤 사물이든 이 세상에서는 객관세계의 일부분이기 때문에 '흙에서 나와 흙으로 돌아가는' 자연법칙을 벗어나지 못한다.

웃고 우는 영혼들과 이미 지나갔거나 지금 지나가고 있을 나의 기억, 인상, 의지는 대체 무엇일까?

창밖에는 나무그늘이 시원하게 덮여 있고 매미소리가 요란스럽다. 매미는 이 여름날 모든 공간을 삼켜버리기라도 할 듯 서로 뒤질세라

노래를 불렀고 세상만물들이 살고 있는 세상 곳곳에 끼어든다. 그리고 세상 만물은 귀찮은 매미소리 때문에 잠을 설치고, 자신마저 잊어버린다.

고립된 삶은 없다

생명은 개체로 나누어 볼 때는 고립된 존재로 보이지만 이는 극히 이상적인 상태로 현실적으로는 불가능하다. 사람에 따라 조금씩 다르겠지만 인간은 모여 살면서 다른 개체들과 여러 가지 방법으로 연결된 삶을 살 수 밖에 없다.

쥐는 세치 앞밖에 못 본다. 그리고 안전감과 불안감 밖에는 감지 못한다. 이론이나 관념을 이용하여 추리하고 생각할 줄 모르며, 자신의 주변에 존재하는 사물을 개념화시킬 수 있는 능력도 없다. 거리를 쏘다니는 쥐를 발견하고 끝까지 쫓아가 삿대질 하며 아무리 욕한들 쥐가 무엇을 알겠는가? 쥐는 인간의 정신세계에 대해 영원히 알지 못한다.

다음 개미에 대해 살펴보자. 산불이 일면 개미들은 한데 뭉쳐서 산비탈을 따라 산 아래 안전한 곳으로 굴러간다. 그들이 목숨을 위한 노력은 그 어떤 동물에도 뒤지지 않지만 인간들이 개미를 평가하거나 발로 밟을 때 개미는 그 어떤 반응도 하지 못한다. 그들은 인간사회를 알 수 없고, 그들의 생존공간은 그들만이 알고 있는 자그마한 산비탈 정도밖에 되지 않기 때문에 다른 존재에 대해 그들은 전혀 관심이 없다.

동족간의 생사존망(生死存亡)이 살점을 베는 고통으로 연결되어 있다는 점에서 인간이나 쥐 그리고 개미는 별로 다르지 않다. 그러나 사람은 능동적이고 자각적이며 사물을 의식하는 능력을 가지고 있다. 물질적 측면에서 법적제한을 받으나 정신적 측면에서는 서로 배려하고 관심하면서 밀접한 관계를 유지한다.

기업인, 과학자, 노동자와 농민은 자신들의 창조와 노동을 통해 인간들과 밀접한 관계를 유지한다. 이런 관계는 인간들의 눈에 보이지 않으나 정신적이고 철학적인 측면이 있어 타인의 노동과 창조로 서로 관계를 맺을 뿐만 아니라 저도 모르는 사이에 사상과 영혼도 서로 영향을 받는다. 에디슨이 전등을 발명한 후, 사람들이 에디슨은 잊었으나 전등이 가져다 준 광명과 우리 삶에 미친 영향은 확실히 느끼듯이 말이다.

사람들은 자신들만의 방식으로 사회발전에 참여한다. 그 중 어떤 사람은 역할이 아주 크고, 어떤 사람은 거의 아무런 역할도 없이 조류를 따라 움직이기만 한다. 하지만 모든 인간은 소용돌이에 말려든 부유생물처럼 그 누구도 사회를 벗어나 홀로 존재할 수 없다.

역사의 흐름이나 사회생활 그리고 생존환경과 같은 요인들은 인간의 운명에 깊은 영향을 미치며 인정세태의 많은 모습을 만들어간다. 그 어떤 역사를 막론하고 그것은 사회를 기반으로 하는 역사이며, 그 역사는 인간이 창조하고 추진해 나간다. 만약 인간이라는 주체가 없다면 역사 또한 존재할 수 없을 것이다. 때문에 의식을 가지고 있는 사람은 적극적으로 역사의 흐름에 동참하면서 자신의 행동으로 타인에게 영향을 미치고 타인과 동고동락하면서 하나의 통일체를 이루어 간다. 그리고 가장 아름다운 생존환경을 창조해 나갈 것이다.

의심할 여지가 없다

고대 로마의 신학자 어거스틴은 친구들에게 다음과 같은 이야기를 해 주었다. 어떤 거지가 다른 사람들을 축복해주는 대가로 위스키, 보드카 그리고 마오타이주를 얻어 마시고는 만취하여 길거리에 드러누워 코를 골며 잠을 잤다. 이 거지는 능력도 없고 항상 무릎 꿇고 남을 향해 구걸하는 천한 인간이었지만 충분히 자유를 누린다. 그는 고통을 모르며 아무런 걱정도 없다. 그렇다면 우수한 지능을 지녔다고 자부하는 인간이 이익에 집착하고, 우울함에 빠진 나머지 길 잃은 양처럼 거지보다 못한 삶을 살고 있는 것은 아닌가.

그 이유는 자신에게서 찾아야 한다. 만약 개인의 득실에만 집착하지 않고, 허황한 명예를 탐내지 않으며, 속세의 화려한 것을 쫓지 않았다면 결과는 달라졌을 것이다.

적어도 한 가지 사실을 깨닫게 될 것이다. 누구든 과대망상증에 걸려 지구의 자전방향을 바꾸려고 했다면 그건 절대로 불가능하다. 인간의 욕심이나 육체의 힘으로 햇빛의 색깔을 바꿀 수 없으며, 흙이 주는 훈훈함도 바꿀 수 없다. 지어는 흐르는 시냇물이 단 한 방울이라도 많아지거나 적어지게 할 능력조차 없다.

언제부터인지는 모르나 물질은 자연법칙에 순응하면서 이 세상에 존재해 왔다. 현대인들이 천체망원경을 통해 관찰할 수 있는 많은 항성들과 미지의 우주세계가 존재하고, 생명이 존재하기에 알맞은 지구가 생겨났으며, 인간이라고 하는 지적인 생명이 탄생한 것은 인간이 아닌 자연법칙에 의해서였다. 현대문명이 의식에 의해 창조되면서 문명사회로 진입하는 순간, 우리는 기쁨과 자부심을 느끼는 동시에 고민과 고통, 재난도 함께 느끼게 되었다. 왜서일까? 인간의 행복은 꼭 타인의 불행을 전제로 이루어지는 것일까? 아니면 꼭 고통의 대가를 치러야만 얻어지는 것일까?

꼭 그렇지만은 않을 것이다.
꽃은 피었다가 시들기 마련이다. 그렇다고 슬퍼하지
않는다. 잎이 지면 열매가 맺히고, 열매가 떨어져서 씨
앗이 되고, 씨앗이 다시 꽃을 피울 수 있다는 것을 알기
때문이다.

사람은 꽃보다 못하진 않았을 것이다. 영혼이 있고 자기의지도 있는 지구상의 고귀한 존재이기 때문이다. 하지만 가는 곳마다 떠들고 소란스러워 뚜렷한 소신을 잃고 감지능력에 판단오류가 생겨 성스럽고 밝은 빛깔을 지녔던 의식세계가 이기적이고 탐욕스러운 구덩이 속에 빠지게 된다.

이 구덩이 속에 있는 이기적인 것과 탐욕스러운 것은 생존욕구에서 비롯된 것이 아닌 욕구에 대한 팽창과 이익에 대한 소유욕에서 비롯된 것이다. 욕구에 대한 팽창으로 인해 자신의 본래 모습을 볼 수 없게 되고, 이 세상을 똑똑히 보지 못하게 되며, 끝없는 소유욕은 고삐 풀린 말처럼 거침없이 달리다가 결국 사람들은 함정에 빠지게 되는 것이다.

그러니 이런 인간이 어찌 꽃과 그 우열을 비할 수 있겠는가?

인간이 오늘까지 올 수 있었던 것은 자연에 순응하면서 잘못을 저지르면 그 벌을 받고 자신을 고쳐나갔기 때문이다. 하지만 이러한 고난의 여정이 후세에 어떤 도움을 줄 수 있을지는 아무도 모른다. 걸음마를 타고 말을 배우기 시작하면서 인간은 사회라는 조직에 참여하게 된다. 때문에 조상들이 겪었던 비슷한 실수를 겪게 되고 방향감도 수시로 잃게 된다. 자기 앞에 차례진 몫만 챙기고, 자연에 순응한다면 몰라도 많은 사람들이 엄청난 시간과 심열을 기울여 수행을 거듭해야만 세상의 이치를 깨달을 수 있다.

만약 이 세상이 너무 비틀어지고 변형된다면 인간은 머리를 숙여도 깨끗한 시냇물을 볼 수 없고 고개를 들어도 푸른 나무를 보지 못할 것이다. 평생 유일하게 볼 수 있는 것은 화려한 장식을 한 액자 속에 그려진 '위대한' 자신뿐일 것이다. 농사짓기 적합했던 두 손은 자기 주변의 물질들을 소유하는데 애쓸 것이고 이를 통해 존재감을 느끼고 철저히 버림받은 운명에서 벗어날 수 있다고 생각할 것이다.

양귀비꽃과 모르핀

　원래 양귀비꽃은 대자연에서 가장 아름답고, 소박한 꽃이었다. 하지만 사람들은 이 꽃을 제멋대로 가꿔서는 안 된다고 한다. 처음에는 그 이유를 몰라 이해할 수 없었는데 나중에 어떤 과학자의 마약중독자 치료에 관한 과학적인 설명을 듣고 나서 깨닫게 되었다. 그 순간 나는 불교에서 말하는 "통 밑이 텅 빠진(桶底脫落)"듯한 느낌이 들었다.

　양귀비(혹은 대마)꽃으로 만든 마약을 흡입하면 사람은 마치 구름 위에 둥둥 떠 있는 듯한 느낌이 든다고 한다. 하늘을 날아다니는 신선

이 된 느낌을 한 번만 경험하게 되면 끊기가 힘들다고 한다. 과학자들은 이것은 마약이 들어가서 인간의 뇌 중추신경을 흥분시킨 결과라고 분석한다. 그렇다면 우리 대뇌에는 원래부터 흥분을 자극할 수 있는 모르핀이 있었다는 얘기가 아닌가! 대뇌조절이 가능한 상태에서 이 모르핀은 자신을 위로하고 기쁘게 만드는 능력을 가지고 있다고 한다. 하지만 인간이 이걸 모르고 꼭 외부에서 얻으려고만 하니 대뇌 속에 있는 모르핀은 자기 역할을 할 수 없게 되는 것이다. 진정으로 쾌락을 느껴야 할 대신 침묵으로 일관한다면 고통은 곡식과 함께 자라는 잡초처럼 무성해질 것이고, 고통에서 벗어날 방법을 찾지 못한 인간들은 소문을 통해 잠깐의 흥분을 느낄 수 있는 마약을 찾게 된다.

이들은 자기 몸속에도 자유롭고 유쾌하게 살 수 있는 원동력이 있다는 것을 모르기 때문에 이런 한심한 일을 저지르게 되는 것이다.

양귀비꽃은 '독'이 있기 때문에 화려하고, 인간의 대뇌는 '독'이 있어 행복을 느낀다. 인간도 원래 자연 속의 생명체였다. 비록 일어서서 걷기는 하지만 언젠가는 다시 자연의 품으로 돌아가게 될 것이다. 이런 의미에서 보면 인간과 양귀비는 같은 하늘아래에서 사는 생명체라는 점에서는 동일하다. 하지만 인간은 자신이 창조한 문명 속에서 살고 있고 양귀비는 자연 속에서 살고 있다는 점이 서로 다르다. 만약 사람이라는 이름을 가진 '꽃'이 일부는 자유롭게 피어날 수 있고, 일부는 마약의 함정에 빠져 멸망한다면 인간이 창조한 문명이 성공하지 못했음을 의미한다. 이 문명에는 보이지 않는 함정이 분명히 존재한다.

곰곰이 생각해보면, 마약 중독자들이 마약을 통해 행복을 얻으려고 애쓰는데 이는 그들만의 생각이나 그들에 의해 창조된 것은 아니다.

문명은 인류지혜의 결정체이다. 문명은 확실히 수많은 사람들로 하여금 자신이 인류의 일원이라는 것 때문에 자신감을 가지게 한다. 이들은 자신들의 문명을 창조해 나가는 동시에 그 속에서 자신의 재능을 발휘할 수 있어 행복해하고, 또 자신의 공헌이 타인에게 행복을 가져다 줄 수 있다는 것 뿌듯해한다. 하지만 문명의 성과물은 일부 사욕으로 팽창된 사람들에게 욕망을 실현할 수 있는 가능성과 기회를 마련해주었다. 소란스러운 현대사회에서 어찌 욕심이 발동하지 않을 수 있겠는가? 이들은 문명을 창조함과 동시에 자신과 타인에게 여러 가지 함정을 파놓았다. 그리고는 이익추구가 모든 행복의 원천이라고 사람들을 유혹한다.

사실 모든 사람들이 다 이익을 얻는 과정에서 기쁨만 느끼는 것은 아니다. 이들은 꿈과 행복을 소유하고 싶어 한다. 하지만 이에 대한 집념이 강하다 보면, 그리고 어떻게 해야 할지를 모른다면 아주 간단하면서도 추악한 방법인 마약의 힘을 빌게 되는 것이다.

이익이 모든 것을 결정하는 이 사회에서 순수한 지혜와 자애로운 영혼의 빛이 안개와 구름의 장애를 뚫고 이들의 마음속을 비추어 이들이 잠에서 깨어날 수 있도록 하기는 힘들다. 이들은 나중에는 아름다운 양귀비꽃의 운명처럼 인적이 드문 마약중독자 치료센터로 보내지게 된다.

후기

나의 누추한 보금자리(陋室) 주변은 사람들의 눈에 잘 띄지 않는 평범하고도 보잘것없는 곳이다. 하지만 이곳에는 참답고 정겨운 것이 많다. 늦은 밤 창문 앞에 정신을 가다듬고 앉아 있노라면 그곳에서 흘러나오는 속삭임이 분명히 들려온다. 항상 나에게 감동을 주는 속삭임들에 나는 조금이나마 응답을 해 주고 싶은 마음이다.

내 목소리는 많이 잠겨있다. 그래서 은빛으로 된 가느다란 선을 튕기어 아름다운 소리를 내고 싶다. 기타나 바이올린, 쟁이나 비파로 말이다. 하지만 난 그 어떤 악기도 다룰 줄 모른다. 아주 어릴 때 나는 강보(襁褓) 속에서 아버지의 낭랑한 피리소리를 들으며 자랐다. 하지만 내가 악기를 다루는 것은 반대하셨다. 다행히 글쓰기는 큰 소리가 나지 않아 아버지를 비롯한 주변 사람들을 시끄럽게 하지 않았다. 나는 지금까지 글쓰기를 견지해 왔고, 글쓰기를 통해 내가 부르고 싶은 노래를 부르고, 내가 연주하고 싶은 선율을 연주한다.

때로는 이유 없이 몰려오는 쓸쓸함과 슬픔으로 마음이 울적할 때가 있다. 그럴 때면 저도 모르게 탄식하게 되는데, 이때 마음속 깊은 곳에서 나오는 소리는 평소에 낼 수 있는 소리와 전혀 다르다. 그 소리가 있어 나는 외로움을 달랠 수 있는데 그것은 위로와 만족감을 느낄 수 있기 때문이다. 만약 이런 소리들이 기하급수적으로 복사되고 전파된다면 얼마나 좋을까? 나와 같은 생각을 하고 있는 사람들이 이 소리를 들을 수 있을 것이고 수많은 마음의 소리들이 서로 엉켜 아름다운 화음(和音)을 낼 수도 있을 것이다.

이 외에 무엇을 더 바라겠는가?

황금꽃향기
땅에 떨어지면

초판 1쇄 인쇄일	ㅣ 2017년 8월 14일
초판 1쇄 발행일	ㅣ 2017년 8월 15일

지은이	ㅣ 张民
옮긴이	ㅣ 이영남 · 최영
펴낸이	ㅣ 정진이
편집장	ㅣ 김효은
편집/디자인	ㅣ 우정민 문진희 박재원
마케팅	ㅣ 정찬용 정구형
영업관리	ㅣ 이선건 최소영 최인호
책임편집	ㅣ 우정민
인쇄처	ㅣ 국학인쇄소
펴낸곳	ㅣ 국학자료원 새미(주)
	등록일 2005 03 15 제251002005000008호
	서울시 강동구 성내동 44711 현영빌딩 2층
	Tel 4424623 Fax 64993082
	www.kookhak.co.kr
	kookhak2001@hanmail.net

ISBN	ㅣ 979-11-87488-39-2 *03820
가격	ㅣ 15,000원

* 저자와의 협의하에 인지는 생략합니다.
  잘못된 책은 구입하신 곳에서 교환하여 드립니다.
  국학자료원 · 새미 · 북치는마을 · LIE는 국학자료원 새미(주)의 브랜드입니다.

* 이 도서의 국립중앙도서관 출판예정도서목록(CIP)은 서지정보유통지원시스템 홈페이지
  (http://seoji.nl.go.kr)와 국가자료공동목록시스템(http://www.nl.go.kr/kolisnet)에서 이
  용하실 수 있습니다.(CIP제어번호: CIP2017017693)